我们活着的每一秒，
皆是这个宇宙独一无二的崭新时刻，
也是一去再不复返的时刻……
我们能够教导子孙的是什么？
我们教他们二加二等于四，
还教他们法国的首都是巴黎。
但我们何曾教过他们认识自己？

长时间疲于拼命，

我们将变成连自己都不认识的陌生人。

写一封信给自己

吴若权（台湾知名作家）

《这一生都是你的机会》这本书，提供了许多自我对话的思考模式和实用方法，如同心灵导师一般循循善诱，引领读者发现自己的特色，进而成就自我！

我是谁？我要往哪里去？

这是个好问题，每个人几乎都要花一生的时间来回答。但令人惊讶的是：有些人从来不问自己，或是，内心深处有微弱的声音在发问，却被自己用更喧哗的噪声——"我很忙""目前的状况还可以""何必自找麻烦"掩盖了。

青少年时期，我的人生很不如意。放学之后，常独自步行到郊外，坐在草地上，望着天空发呆。许多年以后，回头看那段日子，其实我并不是很单纯地发呆，而是很认真地问自己："我是谁？我要往哪里去？"

高中升大学的时候，是我人生的转型期。不需旁人鞭策、督促，一个人快马加鞭往前赶，仿佛忽然之间看清了人生的方向，生怕已经大幅落后的进度再也到不了目的地。其中有一个很大的转折点，就是我阅读了几本探索自我的书籍，并且开始写信给心理辅导机构的"张老师"，建立自我对话的机制，吸收足够的心灵养分，掌握成长的关键——其实，它们就隐藏在我们每天的自我对话里。

从那一刻起，我不再是需要父母操心的孩子，学会了独立面对与众不同的人生。我知道，我不是最好的，却是最独特的，我不一定可以成为第一，但绝对是唯一。

这么多年来，和自己对话，不曾止息。任何的挫折与困境，都阻挡不了心中坚持成为自己的信念。即使明明知道自己做得不够好，也会自我勉励往想要的方向前去。

在人生的旅途中，我经常写信给自己，有时候是透过日记，有时候是异国的风景明信片，有时候是夜半无眠的沉思，有时候只是公交站牌等候15分钟的静语。

后来，从事企业管理工作的时候，我也常勉励学员写信给自己，把他们想要对自己说的话写下来，交给我保管，两年之后从我的信箱寄出去给当事人，让他们倾听自己的心声，更加亲近真正的自己。

《这一生都是你的机会》这本书，提供了许多自我对话的思考模式和实用方法，如同心灵导师一般循循善诱，引领读者发现自己的特色，进而成就自我。

人生，就是从自己出发，绕了一大圈，再重新找回自己。路途的远近，不是问题，重要的是你能不能通过自我对话，把握每一次机会，活出最独特、最灿烂的自己。

注：本书中提到的"老板"，是个大人物。在你的生活当中，必定也有这个很重要的角色，请慢慢阅读，你将会发现他的真实身份。

书籍的光合作用

裘尔第·纳达（西班牙知名作家）

> 阅读这本书，你不需要太强烈的烛光，因为它本身已经发光、发亮！并且能借本书找到生命的目标。读了这本书，你再也没有理由不做自己了。

有些书籍能帮助我们学会享受、喘息，甚至找到学习的对象。还有一些书，最后会变成我们的挚友。

亚历士·罗维拉的《这一生都是你的机会》，正是一本帮助大家找到人生方向的书。这本书所带来的成效，就像植物的光合作用一样：它让我们周遭的空气更清新，我们的呼吸也就因此而更舒畅了。

宾达洛在其经典著作中写道："做真正的自己。"亚历士用心良苦地写了这本实用手册，仿佛是刻意要延续宾达洛的使命，期盼能帮助我们更用心思考，也更深刻地感受生命。

阅读这本书，至少能获得两大幸运：第一个幸运是，你可以从中找到让你更幸福的目标、信息或选择，你会成为一个更优秀的人，不管是在个人生活上还是职场上，甚至能变成非凡人物！

另一个幸运或许不那么显而易见，但同样能让你受益匪浅：在阅读本书的过程中，你会更深入地认识亚历士这个朋友，他用一颗体贴的心和善于分析的专长，将他的智慧和能量传达给读者。阅书如阅人，这本书，是一个人探索内心的过程：某一天，他坐在电脑前面，决定开始写下内心的感受，每个字都是他发自内心的想法。

他的努力，终于有了丰硕的成果。《这一生都是你的机会》不只是一张能帮人走出生命死胡同的地图，他那平易近人的文字风格，也能让你马上加入思索人生的行列。

这本书，读来轻松却深刻，就如作者一样：踏实、温柔、热情、充满能量。在这本书中，处处可见亚历士的精神。阅读这本书，你不需要太强烈的烛光，因为它本身已经发光、发亮！读者必能借由本书找到生命的目标。读了这本书，你再也没有理由不做自己了。

一片云，一百分的幸福

范 湲

> 这本书，不仅是作者"和自己打交道"的心灵记事，也道尽了现代人的困惑和忧虑。作者旁征博引，引述各种相关的论述作为佐证，能帮助我们认清许多异常行为背后的真正原因。

几年前，大家呐喊："这是个迷惘的时代！"现在，世人感叹："真是个忧郁的时代！"

曾几何时，大家忙着"预约幸福"。才几年光景，许多人终于下定决心学会"抓住幸福"。

现在，大家终于知道：当你看不到下一个成功的机会时，你必须停下心来思索自己"存在的意义"。

于是，大家终会理解：成功的机会不能由别人施舍给你，幸福也不该外求！

人生是苦还是乐，全在一念之间。

　　幸福的关键，是自己。因此，认识自己，就成了人生最重要的功课，只是，认真做功课的人恐怕寥寥可数。之所以如此，是因为它艰难，之所以艰难，是因为它"恐怖指数"很高！诚实地逼视自己的内心，需要很大的勇气。将自己的弱点赤裸裸地摊开，毕竟不是什么舒服的事情。

　　或许，你曾经碰到过这样的人：明知道健康检查很重要，却始终拒绝来一次全身体检，理由是："万一检查出一大堆毛病怎么办？"

　　很矛盾，是吧？给自己来个"心灵体检"何尝不是如此？明知心灵深处在召唤，却没勇气倾听自己心里的实话……因为你怕别人说你没出息，怕失去头衔，怕父母失望……

　　然而，你是不是忘了：这是你自己的人生啊！

　　回归生命的基本面之后，你会发现：原来我可以活得很自信。

　　当你开始直视自己的人生时，你将无畏于旁人的异样眼光和质疑；当你投入梦想的工作时，月薪三千也能快乐得像个国王！

因为，生命的喜悦有不同的计算方式，如何加减、如何进位，你可以自己决定！

因为，生命的价值不能被窄化到只用金钱去衡量，否则，哪天失去收入时，你恐怕会觉得自己好像被遗弃了一般。数字是最狡诈、最贪婪的家伙，被它牵着鼻子走，即使坐拥亿万身家，你还是怕自己太穷。

这本书，不仅是作者"和自己打交道"的心灵记事，也道尽了现代人的困惑和忧虑。翻译过程中，我看到自己的"习气"也一一现形了。作者旁征博引，引述各种相关的论述作为佐证，能帮助我们认清许多异常行为背后的真正原因。

在此，我也很乐意将此书推荐给为人父母的读者：许多行为和性格的养成，原来和父母、长辈的教养息息相关。你或许在错误的教养方式下长大，但你的孩子可以免于落入同样的教养陷阱。

一切都取决于你。

此前一个阳光灿烂的秋日午后，我闲坐在阿尔卑斯山腰上的木屋前，啜一口老农夫送来的自酿白酒，望着挂在远处山头胭脂般的云彩……生命何等奇妙！我怎么也想不到，电视剧般的生活画面居然都成真了！那一刻我这个家庭主妇的幸福，绝不比美国总统逊色！当初决定走入家庭时，我也是一番心灵交战，就是不敢承认自己喜欢煮菜，也热爱煮菜！因为我一向习惯了以职场表现来肯定自己，生怕走出办公室这个舞台，再也找不到另一个表演的场地……还好，我勇敢地给了自己富足的人生。

你的生命，值得你再给它一次机会！

欢迎加入生命探求之旅

亚历士·罗维拉

> 最理想的治疗是一个疗程就康复；最理想的
> 写作是因书写而康复。
>
> ——美国著名心理学家斯蒂芬·卡普曼

有整整7年时间，我将纸笔当成自我疗愈的工具，写下心中所感，这本书，就是这个过程的成果。

那段时间，我把7年来写下的文字重新整理，而且从许多书籍、故事、电影以及我所听过的歌曲中，摘录了相关文字。因此，这本书可以说是我为自己而写的，因为这些都是写给我自己的。

有此荣幸能将这些信结集出版，并与众人分享，我不能不在此表达我衷心的期盼：希望接下来的文字，能让您思考，而且有所感触，甚至我希望能让您停下脚步，好好省视一下自己的人生！

这本书是写给那些正在寻找生命意义、对生活现状不满的人的，他们就像那个为自己出征的武士一样，急于在生命的旅程中找到明灯，所以，他们决定放手一搏，抛却旧思想，以开放的心态重新出发，内心再也没有恐惧、偏见、焦虑、缺乏自信和迟疑！

这本书尤其适合那些渴望找到人生方向的人。

著名作家桑佩德罗曾经说过："生活的艺术，就是让一个人活出自己。我呢？就和芸芸众生一样，我也有责任做自己。我就是我，我绝不是别人！"让我们也做真正的自己，同时学会与人共处吧。或许，生命最美好的部分就在这里呢！

我将这本书献给你，你会从中发现，生命还有另一种可能性，你会找到真正的人生方向。

目
录
CONTENTS

必须赚钱为生吗

> "我活了一辈子，却从未好好过日子。"
> ——据知名安宁照护权威伊丽莎白·库柏勒·罗丝统计，这是病患临终最常说的一句话。

亲爱的老板：

我一直很努力想把你交代的报告写完，可我却无法集中精神。你也知道，你交代我做的事，我向来很有效率，但今天不一样，我的内心开始拒绝像过去那样麻木冷漠地照着行事历做事了。不仅如此，当我决定写信给你时，我的心跳开始加速，我的手指则在电脑键盘上轻盈地舞动着。

你一定会问，我为什么不寄电子邮件给你，或干脆打电话，岂不是更快，何必写信呢？我也说不上为什么，我想是因为距离更有美感，而且我也不想赶时间。换个方式来说，写信可以让我有机会边写边思考。回顾过往种种，我可以很从容地自我检视，不必担心浪费了别人的时间。总之，我可以慢慢来。至于我接下来要告诉你的事，更是一点儿都急不得的。

事情是这样的，我最近心情总是平静不下来，不是莫名其妙觉得惊慌，就是不由自主地愤怒，我已经因此失眠了好几个礼拜。事情很单纯，也很容易理解，但这个困扰却深沉得令人害怕。或许你会觉得这没什么，但我有充分的理由去思考这个问题，对于自己和社会的未来，这是非常重要的基础。

问题在哪里？我就跟你直说吧：我们过得不快乐。

当然，"我们"只是个概括性的说法，实际上这里的人数之多，绝对远超大家的想象。

不久前，我问身边的朋友和同事"你过得还好吗"，却得到了以下这些不同的答案：

——"唉！打拼啊！"（可不是嘛！开着装甲车作战，累得却像头拖车的老牛。）

——"还不就这样嘛！"他真正的意思是："你自己看吧，我也不知道我自己好不好。"

——"继续过我们的日子喽！"听起来像是永远停不下来的态势。而且，你有没有发现，他说的是"我们的日子"，而不是"我的日子"，因为在这种情况下，有人相伴的感觉总是比较好。

——"继续奋战！"（生活仿佛成了战场。）

——"混日子喽！"（怎么混？钻进水里面吗？）

——"没啥好抱怨的啦！"延伸的版本则是："我们不可以抱怨。"说话的人，其实处在被虐的状态，却不自觉地沾沾自喜。

至于最常听见的大概是这句："运气很背，但日子还过得下去啦！"话中透露的信息是，其实这个人本身就是个倒霉的失败者。

很少人坚定地回答"还不错"，更少人能够以坚定、诚恳的语气马上回答："很好啊！"由此可见，我们大部分人的生命一定少了点儿什么。

事实上，据我观察，在当今这个社会，数以千万人天天都是不情不愿、愁眉苦脸地在工作，对于脱离"苦海"，他们只能寄希望于乐透，只要中了头彩就可以过幸福的日子。

许多人从事着不适合自己的工作，天天承受着极大的压力，内心深处是无尽的哀伤，觉得自己活得一点儿价值都没有，简直像个被卖掉的长工一样。但他们常会这么说：

——"我没办法改变了。"

——"我还有30年的贷款要还呢。"

——"我得养活一家子。"

——"坚持岗位是我的责任，况且，不做这个，我还能做什么呢？"

关于这件事，我思考了很久。我想，人们不幸福的原因，多半跟我们熟知的某个句子有关。这句话，我们从小听到现在，人人都视之为理所当然。这句话已经在我们的生活中根深蒂固，或许正因如此，我们从未认真思考过它究竟意味着什么。

它看起来毫无杀伤力，有点儿攻击性，但没啥好担心的。你如果不注意听的话，顶多是这样回应："哦，那又怎样？"可是，如果你再三思索，一旦理解了它真正的含义，你八成会吓得直发抖！

让我直接切入主题吧！这个短短的句子，总共才6个字——"必须赚钱为生"。

怎么样？看了有什么想法？

有没有突然从椅子上跳起来？

它是否让你有所警惕？

事实上，我一直到几个礼拜前才对这句话有特别的感受。当时，我正在跟客户开会，其中一个人忽然无奈地说出了这句话。

突然间，我的脑海中浮现了这个想法：

若说我们必须赚钱为生的话，那就意味着我们的生命已经奄奄一息了。

你再仔细读一遍，没错，奄奄一息！

这是件很震撼人心的事实！

所幸，几乎所有的人都很正常地生活着，大家都很认命地过日子。

如果我们接受了这句话的观点，那就等于葬送了自己存在的意义以及大好的未来。

如果你不想过行尸走肉般的生活，那就忘了"赚钱为生"这件事吧！

因为，我们的生命应该是充满感觉、幸福、创意、爱和亲密感的。这些才是我们应该努力去赚取的。从我们出生开始，这些宝贵的资产就已经在渐渐流失了。

我们从小就被这个可怕的观念给吞噬了，天啊，居然还一声都不吭呢！

它直接就成了我们潜意识的一部分。

如果我们期盼的是幸福人生和美丽世界，那就得想办法解决这个问题！老板，而且是越早越好。当然，这也有助于公司业务的蒸蒸日上，我相信你一定会想到这一点的。

我们该如何改变思考模式呢？

我既非心理学家，也不是哲学家，但我和每个人一样，对此会有一些个人看法。

因此，我有个建议：我们若能赋予这句话不同的意义，人们对此有不同的想法，我们的生命将有全新的价值、全新的姿态，比以往更健全，也不再受委屈。

你觉得呢？

我的建议是，让我们睁开双眼，把那句话忘得一干二净吧！

因为：

只要我们活着就不需要去想赚钱为生，从我们出生那一刻起，我们已经赚到了生命。

你是个明理的人，我相信你一定可以理解堆积在我心中这些不安。不仅如此，我确定你必能深入思考这些问题，然后找到我需要的结论（毕竟你是老板嘛）。

期待早日收到你的回信。

请接受我热情的拥抱！

亚历士

附言 FU YAN

伟大的美国作家梭罗，19世纪就说过这样的话："没有什么人比那些把大半辈子用来赚钱为生的人更可悲的了。"

简简单单过日子

没人会需要别人帮忙添麻烦。

——毛利谚语

亲爱的大忙人老板：

这么多天过去了，我寄出的上一封信依旧没有回音。

我知道，你正在为下年度的预算焦头烂额，会议一个接一个地开，但我还是很纳闷，你至少可以给我一个回函告知信已收到，难道连这一点你都做不到吗？

或许你需要更多数据和实证才能有所体悟，我们其实已经身在一种令人忧心的处境当中。你不妨看看下列这几项资料：

——世界卫生组织最近公布了以下数据：忧郁症是造成全球身心疾病的重要原因，每年病例高达总病例数的27%。

——未来25年，西方国家预计将达半数的人为忧郁症所苦。

——过去10年，全球的精神科急诊量增加了10%～20%。世卫组织警告，精神疾病短时间内将成发达和发展中国家的主要难题。

各医院精神门诊中最常诊治的精神问题，一是感情问题，二是焦虑，另外就是忧郁症了。世界卫生组织的官方资料显示，造成精神疾病增加的一个重要原因是："社会习惯行为的中断，取而代之的是孤独、社会压力以及焦虑。"

我再简单重复一次：孤独，社会压力，焦虑。

把上述文字好好读一遍，你会觉得这简直荒谬极了，两大因素悲惨地相互矛盾着：发达或发展中的社会，却把你带向忧郁、带向孤独、带向焦虑，一切都是社会压力的产物！

我需要氧气，新鲜的空气……打开窗户，我对着窗外大喊：救命啊！谁能告诉我，这到底是怎么回事？

微不足道的我这样认为：我们应该要重新思索"发展"这两个字的定义了。

为什么？因为，我不希望我的孩子将来活在一个比现在更恶劣的环境中！

世界为什么会变成这样？我们到底做错了什么？

我们一定做错了什么，这毋庸置疑，至少有一项是不争的事实：过去一百年间，人类一直活在情绪压抑中。未来，在我们的子孙生活的社会，压抑甚至会变成一种常态。你难道不觉得，其实是我们把生活复杂化了？

生活所需花费非常少，但我们却把它弄到了相当复杂的地步。

事实上，我相信你一定会同意我的看法的，简简单单过日子，尤其再加上健康而正面的思维、深度思考的能力以及随心自在地做抉择，再好不过了。然而，如果我们内心依旧遵循着"赚钱为生"的人生准则——就如我上一封信里提到的——那么，我们的生活就会变得越来越复杂。

创造机会的密码

如果我们内心依旧遵循着「赚钱为生」的人生准则，生活就会变得越来越复杂。

于是，与工作相关的所有经验，常常就像个强悍的对手一样，逼得人透不过气来，但你咬紧牙根就挺过去了，本来想抛下一切的念头被深埋在心底。

说不定你经历过这样的感受，或许你的内心和身体也会对你呐喊："够了，我举手投降，一切到此为止，我再也受不了了！"（你应该知道吧！销售部门的主管瓦德斯几个礼拜前发生的那件事：他之前就像一座好好的房子，却突然间全垮了！）

敬爱的老板，我真的希望这样的事不会发生在我们身上。

亚历士

附言 PU YAN

印度著名心灵导师安东尼·德·梅勒曾经说过："人生就像讲笑话一样：最重要的不是时间长久，而是要让人开怀大笑。"这是值得我们好好思考的一句话。

为了一份薪水，要付出多少代价……

生命端赖我们如何经营它。

——印度谚语

亲爱的缺席老板：

我依然不知道你对我的信有何看法。

看来，你已经被那些预算案给淹没了。

我想，在这种情况下，我也没什么好期待的了。不过，我还是会继续写信给你的。我相信，你迟早会把你对这些问题的感想告诉我的，而且能帮我找到问题的解决方法。

现在，我要告诉你另一个让我不安的现象。

你应该也知道，我们在公司里和客户之间往来频繁，有时话题甚至会超出业务范围，除了市场营销，偶尔也会谈及个人隐私。尤其是我们在辛苦工作一整天后，很容易卸下心防，彼此交换内心的想法。

在这样的谈心时刻，你会看到一个人最真实的一面，以及他最诚挚的情感。这份情感，不但拉近了彼此之间的距离，也让彼此更深刻地认识对方。

这时，我经常观察到的一大矛盾是：平日在职场上常听到的名词，诸如机会、目标、标杆、调查、分析、策略等——这些我们每天在工作场合必用的"行话"，一旦碰到谈论个人生涯规划时，却完全派不上用场。

这些专业人士，绝大部分都是天赋过人，工作努力的人。其中不乏世界上最优秀的财务管理人才。尽管如此，有一样世界上最珍贵的财产，他们的管理却不尽理想，那就是他们自己的人生。

他们几乎把所有的精神和心力都投注到工作上了。

他们如此牺牲，得到的"回馈"是一份收入不错的工作。

可这样一份令人艳羡的工作，实际上也是黄金打造的牢笼。有太多上班族，为了一份薪水，付出了太高的代价。

为了再次明示这个结论，请容我再次强调：

有太多优秀的上班族，为了一份薪水，付出的代价高得离谱。

这是多大的讽刺啊！

他们付出的代价包括压力、牺牲家庭生活、牺牲个人休息时间、牺牲个人健康、忽视自己的感受……这些代价，远超过每个月银行账户里多出来的存款数目。

大多数的上班族，都以拥有一份令人称羡的工作为人生最重要的价值。就这样过了许多年后，连他自己都淡忘了当初那个让他充满活力、让他感到充实而幸福的梦想。

或许他真的找到了一份薪水傲人、令人羡慕的好工作，但这份工作可能也蒙蔽或推迟了他一生最热切的自我发现："我真正喜欢的是什么？最能激起我热情的又是什么？"最重要的是："我该如何合理使用我的天赋、经验和热情？"

有时候，有些人会用一些方法说服自己，一再和自我捉迷藏："现在我要努力工作，拼命赚钱，等到我赚够了钱，就可以做我想做的事了。"

这句话隐藏着极大的陷阱，随着时间的流逝，你会越来越难以脱身。抽离与否，将会变成一项痛苦的抉择。

我有一本小册子，上面记录着好几百句同事以及来自各地的客户们说过的话，他们都是我熟识的好朋友，所以很大方地让我摘录他们说过的话：

——"我一直都想做生意……自己创业，开一家时装精品店。可是，那时候我刚好有机会进机关做事，所以就一直当公务员到现在……这是一份很有保障的工作嘛。"

——"我一向最喜欢动物，尤其是马和狗。可是家人都觉得当兽医没前途，所以我就和我爷爷、爸爸、叔叔、哥哥一样，最后念了法律。"

——"我的志向一直是当个心理医生，可是家人说做这个赚不了什么钱，所以我就决定念商业了。结果呢，我现在在卖保险。"

——"当我绘画的时候，我总觉得自己充满活力和热情。看过我作品的人，都非常鼓励我开个画展。可是，我显然没办法靠这个养家糊口啊！"

——"我每月需要一大笔钱支付生活开销，我快累垮了，可我又能怎么办？难不成让一家子都喝西北风吗？贷款谁来付？小孩念私立学校的学费从哪里来？"

——"真正的生活应该在外面（指指窗外），问题是，谁敢冒这个险呢？事实上，我一直想拥有自己的事业，也一直想进入市场营销的领域，但我想我起步太晚了！（发言者当时才35岁！）"

——"嗯，我要告诉你的是肺腑之言。我曾经是个事业成功的生意人，在业界也相当有名声。现在我已经72岁了，你知道吗，我最后悔的是未曾冒险去实现自己的梦想。尤其让我深感遗憾的是，我错过了看着孩子成长的机会。"

够了！我们不能再畏首畏尾，我们不能老是让自己不安，我们不能把自己真正的想法藏在心里，我们不能为了虚伪的安全感而活得像个被虐待狂，我们一定要找到那个让自己身心自在的位置，让每一天的开始都像欢乐的假期。

我们这辈子和真我之间的捉迷藏游戏，应该够了！

　　我确信，一个充满感动的人生，绝对和不喜欢的工作带来的安定感扯不上关系。它应该是我们的能力、热情和日常工作的交集，也就是职业和热情的结合。唯如此，"工作"这两个字的价值才能得以提升，我们的创造力也才能由此产生。

　　为了让我的想法表达得更明确，亲爱的老板，我特别摘录了几项严谨的相关报告：

　　一、赖尔·李贝罗医师在其著作《成功绝无偶然》中提到："1953年，哈佛大学对全校学生做了一项问卷调查，问题包括你的人生目标是什么、希望将来有什么样的成就，等等。只有3%的学生写下了自己这一生想做的事。20年后，哈佛对这群人再次做了调查，令人讶异的是，那些写下自己人生目标的3%的同学，经济上的成就远超过另外97%的人。不仅如此，他们的身体也比较健康，个性也比较开朗，人生各方面的发展都优于另外那群人。"

　　二、马克·艾比昂医生则在他那本出色的著作《赚钱，也赚到人生》中写道："这是针对1960年至1980年间1500位商学院毕业生所做的调查。这些学生被划分为两种不同类型：A型学生认为应该先赚够了钱再做自己想做的事（也就是先解决经济问题）；B型学生则觉得只要去做自己喜欢的事，致富不是难事。两种类型各占多少比例呢？1500个商学院毕业生里，83%的人属于A型（共1245人），也就是说，这些人最想要的是钱。比较具有冒险性格的B型只占了17%（共255人）。20年后，这1500人里总共出现了101个百万富翁，只有一个是A型人，另外100个都是B型人。"

你还需要更多例证吗？这样够清楚了吧？

请别误会，我诉求的重点并非成为百万富翁，而是人们不能老是以为，只要赚了很多钱就会有幸福人生，却完全不顾自己被压抑的渴望和天分。

我们为什么不把自己的梦想大声说出来？

为什么我们还不放弃那虚伪的安全感？

为什么我们还不展现真正的自己？

是谁躲在背后恐吓我们？

拜托，请回答我吧！

亚历士

———————————— 附言 FU YAN ————————————

"人心就像降落伞，不打开来就毫无用武之地。"这是我有一次在纽约街头看到的涂鸦。

或许我们真的应该打开心房了，尤其要诚恳地面对自己，也面对我们自己独特的天分。这个天分，不但能让我们拥有热情人生，也能让我们获得幸福。

压力与忧虑的来源

下礼拜，我绝不能生病，也不能有任何麻烦，因为我的行程已经完全排满。

——一个忙到焦头烂额的专业人士

亲爱的压力很大的老板：

我刚刚看到你和我擦身而过，直奔总经理办公室。我已经好久没在咖啡机前碰到你了。你人在这里，心却不在。

你看着我，脑子里却在想别的事。你不太跟我打招呼，更别提跟我聊上几句了。我写的那几封信，你依旧连只言片语都没回，仿佛你根本就没收到过似的……

我依然在等着你帮我解答疑难，我自己也在继续思索，为什么我们过得这么不如意、不快乐。我越来越相信一件事：我们的不快乐，绝大部分来自最近两次三番出现在我们耳边的两个字，频率之高，简直让人厌恶，那就是——紧急！

就是这两个字，我们在工作场合最常使用的两个字。

类似下面这些句子，你大概也时常听到吧：

——"这个材料必须马上寄出去才行。"

——"会议要提前开，因为事情很紧急。"

最极端的是这种：

——"反正很急就是了！"

（我真的曾经看过，一个个性本来很随和的秘书小姐，被她那个霸道的老板催得快要发疯，因为他随时随地都火烧火燎的。）

想想，我们究竟是怎么了？有这么急吗？

难不成外星人要打过来了？还是彗星马上就要撞到地球了？

太多像《独立日》这一类的好莱坞电影了，太多华尔街的交易信息了，太多新经济形式了。我们已经被这些东西完全吞噬了！就像我们一旦必须赚钱谋生时，工作这个巨兽就会把我们吃了一样。

我常想，身在今天这个时代，一个人若要有竞争力，他就必须够快，够急！

从西班牙语语源上看，"紧迫（urgir）"和"紧压（apretar）"其实是一样的意思。当我们赶时间的时候，感受到的不就是那种被压迫的愤怒感吗？

碰到如此急迫的状况，我们就变成：

——"快，还要更快。"

——"脚步根本停不下来。"

——"累得喘不过气来。"

在那本感动人心的《最后十四堂星期二的课》里，睿智的老教授莫瑞·瓦兹临终前，对他的学生说了这么一段话：

"这个问题呀，部分原因是……因为大家老是在赶时间。大家都无法静下来好好感受自己的生命，脑子里总想着追逐下一个目标：下一辆车，下一栋房子，下一份工作……后来，即使他们发现这些都是一场空，却还是汲汲营营过日子。"

　　问题是，这样的社会压力，究竟从何而来？

　　会不会是因为我们无法肯定自我，无法设定目标，无法倾听自己的心声，无法好好地坐下来和人深谈，压力于是生成呢？

　　会不会是因为我们为了满足物欲，不得不向自己不喜欢的工作妥协，压力跟着来了？

　　会不会是，压力和它的近亲忧郁，其实来自恐惧？

　　期待早日收到你的回信。

亚历士

附言 FU YAN

　　"不能好好过日子，是一种可以致人于死的疾病。"哲学大师荣格如是说。

　　我们的生活，往往是用忙碌去填补贪婪造成的空虚。这不但阻断了我们自我对话的管道，也蒙蔽了我们生命真正的意义。

　　忠于自己，生命就已经够丰富了！唯有当我们意识到这一点，才能免于忙碌和赶时间的压迫。

第五封信

恐惧，是最险恶的敌人

活在恐惧里很折腾人，是吧？奴隶就是这样过日子的。

——摘自《银翼杀手》，雷德利·斯科特执导

或许受了惊吓的亲爱的老板：

我的脑袋里一直有个疑问在打转。

或许，我这么做很冒昧，但我还是忍不住要告诉你：你一直不回信，那是因为你被吓到了，而且内心充满恐惧。

你害怕发现自己也不幸福。

你害怕发觉自己并未倾听内心的声音。

你害怕暴露自己的弱点。

你害怕面对自己真正的愿望。

你害怕放弃现在的生活。

如果上述都是事实的话，那么，我必须告诉你，你并不是唯一

有这些困扰的人。

大家都这样，当我们面对人生重大改变时，恐惧总是难免的。

但是，为了迎接新局面，我们必须面对恐惧才行。

除此之外，别无他法。

恐惧是我们改变的绊脚石。而且，我越来越能确定，我们绝大多数的沮丧源自我们内心的恐惧。当然，遭遇生命中的重大变故，例如至亲至爱去世、一场令人重伤致残的车祸、恶疾缠身……这些都是让人措手不及的艰难时刻。除此之外，我相信，其余的低落情绪皆因恐惧而生。那是一种不自觉的恐惧，让人老是钻牛角尖，总觉得自己不自由，无法抉择，不能过自己想过的人生……

绊脚石都是我们搬到自己脚边的。通常，我们会很轻易地诿过他人，因为这样我们就有借口继续和事实捉迷藏。

其实，我们可以贴近它，也可以将它完全抛诸脑后，我们可以掌控自己生命的油门和刹车。

问题是：

——你如果没有这样的自觉，你最险恶的敌人可能就是你自己，换言之，你就是你的恐惧。

——你如果不自觉，恐惧会掠夺所有的机会。

——它会阻挠你认清事实的真相。

——它会让你觉得自己一无是处。

——它会让你以为你没什么机会（从各种角度来看，其实你的机会是无穷无尽的）。

——它会让你沉溺于自怜自艾的情绪当中，以为自己永无翻身之日，其实你也可以拥有富足的人生。

总之，你的恐惧是你一再加诸在自己身上的威胁。

事实上，这会阻碍你成为一个具有竞争力的人。就其词义而言，"有竞争力"意味着"有适应力"，这在现实当中就是"有能力"的代名词。

简而言之，恐惧会让你变成一个"没有能力"的人。

亲爱的老板，你不觉得已经到了要终结恐惧的时候吗？

你有没有想过，如果心无恐惧，你会怎么样？

对你满怀信心的亚历士

附言 FU YAN

消弭恐惧要靠知识和自觉：当我们得以再次享受认识自我的丰硕成果时，当我们对他人不再有偏见，尤其是抛却对自己的成见时，就是我们远离恐惧的时候。

我的作家朋友卡洛斯·尼西的短篇小说《卡芭太太》里有这么一段话："你别害怕……什么都不用怕！不要让各种人痛苦的谎言和诱惑牵着你的鼻子走。你的人生在你心里！发自内心的诚实想法，终究会成为你的财富。"

对于懂得解读真理的人而言，我相信这个信息蕴藏着无数宝藏，正因如此，这个句子值得我再写一遍："发自内心的诚实想法，终究会成为你的财富。"

换个想法更好

大地拥有足够的资源满足所有人的需求，但没多到可以满足某些人的贪婪。

——甘地夫人

亲爱的老板：

重读我写的前几封信，我发现了一件事：我们对现状的不满，是信中表达的主要议题，而这些不满，源自我们长久以来被灌输的概念。我们毫无异议地接受了这些想法，生活也变得永不满足，又不知道如何替自己找到出口。或许，我们甚至害怕摆脱这个桎梏。

我可以告诉你另一个例子，它确切地彰显了我们是如何自我限制的。

有句话可能是全世界的商学院教给新生的最重要结论之一："财富不够、需求不满，这就是我们的世界。"讲得更直白一点儿，这句话的意思是："这个世界意味着贫困和挫折。"

以此结论为基础，人们慢慢发展出了各大学财经科系普遍学习的各种经济学理论。

更糟糕的是：所有财经、商业相关科系的毕业生，不管他们后来在管理界或企业界表现得多杰出，在他们18岁到23岁期间，为了通过考试，都得埋头钻研这些理论。

这就是传统的经济学，住在这个美丽地球上的人们所感受的种种限制和挫折正是其理论基础。

在这几项人们普遍默认的前提之下（我再重复一次：世界=贫困与挫折；人生=必须赚大钱），得出以下这几个可悲的结论当然就"天经地义"了：

——别人（从邻居到邻国都涵盖在内）=既危险又自私的竞争者，时时刻刻威胁着我们。

——生存=在充满挫折与危机的世界中，等待有朝一日能踏实过日子的艰苦历程。

可是，你注意到没有？

令人好奇的是，说不定我们要的是别的东西，说不定我们一直想从完全相反的角度重新下定义，如此一来就变成：

世界=丰富与满足。

别人=一个可以分享的对象。

我知道要做到这两点并不容易，但绝非不可能，已经有许多人遵循这样的人生观过日子。改变心态之后，他们的个人生命比以往更健康、更充实、更有创意。

这些人能够有此转变，是因为他们对自我、对人生、对世界以及对他人都有了新的定义。

有可能，他们已经发现有些基本物质和能量，其实是取之不尽的。

我所指的是心中有爱、恻隐之心、宽容、合作以及信任。只要是人，只要他愿意，自然就能制造出这些基

创造机会的密码

为人者的重大意义，不应和资本主义的财经数据混为一谈。

本物质和能量。

期待你的回音。祝一切顺利。

亚历士

附言 FU YAN

我们目前生活的这个世界依旧如此……除非我们开始启用另一种思维模式，否则情况不会有太大的改变。

管理学大师彼得·德鲁克说过这样一段话："身为人类的重大意义，不应和资本主义的财经数据混为一谈。"

你倾听过内心的声音吗

　　"为什么我们必须倾听自己的心声呢？"牧羊少年问道。"因为你的宝藏都在那里呀！"

　　——摘自《牧羊少年奇幻之旅》，保罗·柯艾略著

敬爱的老板（虽然你依旧保持沉默）：

　　我猜你八成也掉进了赚钱为生的陷阱了，每天忙着打拼，根本没时间理我。我想，你天天处理急事，一定错过了重要的事。

　　突然间，你的沉默让我有了寻找自我的念头。我找到了，真正的自己其实就藏在我的沉默里，那个常让我感到不安的黑暗角落。

　　有一次，一位好友告诉我一句非洲谚语，简单却充满智慧，真实且极具意义。它是这么说的——无尽的沉默，震耳的喧哗。

　　内心的沉默起初会让人惶惶不安。你会突然发现，这种沉默包含各种声音、对话和影像，它们不断地来来去去，于是各种困惑、

疑难、矛盾开始交杂发生……听听下面这些声音吧：

——"我也很想过得悠闲一点儿，可谁负责赚钱养家呢？"

——"我想多赚点儿钱，但这意味着我必须更努力工作，时间会更少。既然这样，赚那么多钱给谁花呢？"

在这些杂音之间，有个微弱的声音出现了，像个吱吱作响的小蟋蟀一样，耐心等待某天会有人听见它微弱的叫声。为了避免被杂音干扰，你必须挨近小蟋蟀，才有可能和它对话。

换个方式来说吧：如果你想主导自己的人生，让生命迈向自己真正想要的目标，首先要做的就是倾听自己的心声，时刻自我警觉，认真去探究自己真正想要的是什么。

自我诊断的第一项工具就是自我倾听。

探究自己这一生最想做的事，最困难的部分并非预设年老时想过什么样的日子，而是你当下要怎么安排自己的生命。

倾听内心的声音，足以让我们好好重新认识自己。请特别注意，是重新认识自己。换言之，是回过头来再次认识自己！如果我们长时间处在疲于奔命的状态，那么，我们将会变成连自己都不认识的陌生人。

美国心理学家卡尔·罗杰斯说过："一个孩子如果很清楚有人一直在倾听他说的话，长大后就会充满自信。相反，意见总是被忽略的孩子，他会让别人的想法和期望，慢慢进驻到他的思维。最后，他自己的愿望将会被完全取代。"也就是说，这样的孩子，当他需要被接纳、被爱、被安慰时，他原有的自我实现的需求反而会被挤掉。长此以往，不管他是孩子或成人，总有一天会陷入危机。

亲爱的老板，或许你会觉得惊讶，其实我多年来一直很热衷于阅读心理学的相关书籍，而且受益良多。有个名叫艾瑞克·柏恩的心理学家，他说："当我们的童心完全被蒙蔽时，问题就出现了，最后会演变成我们根本不知道自己真正想要的是什么，只是一味地按照别人的期望过日子。"

所有的心理治疗专家都非常清楚：一个成年人必须重拾自己内在的童心，重新定义自己生命的意义，并思索他人在自己生命中的角色，只有这样，彻底的改变才能持续下去。

但糟糕的是，我们往往非到不可收拾的地步才开始倾听自己的心声，这时我们不仅情绪低落，连身体都开始发出呐喊，痛苦不断。因此，我们应该及早倾听自己的心声，正视自己内心的感受。

刚开始的时候，倾听会是一件非常困难的事。因为，若要执行倾听这个动作，意味着你必须敞开心扉，开放自己最脆弱的角落。这一过程，当然会引发恐惧。但是，你应该觉得很安慰才是，因为许多智者、天才都曾经历过这个寻找自我的过程，甚至从中获得了灵感。

从现在起，我要更关注自己：我要好好地观察自己，就当是自己内心的见证者。此外，我也会随身携带小册子和迷你录音机，随时记录脑海中突然兴起的愿望、幻想或新点子。

　　最好的灵感，总是在出其不意时涌现。这些灵感是从心灵深处冒出来的气泡，真实而澄静地呈现，丝毫不受现实生活影响。为了保存它原有的珍贵价值，最好的方法就是把它记录下来，并且虚心接受它们。这个世界到处有满怀热情的人，我自己就是！其实发现有热情的人并不难，付出时间、付诸行动是他们必备的条件。

　　诚如一位哲人所说："被人倾听与否，清楚地界定着被接纳或被孤立的差别。"我们常常是嘴巴说个不停，耳朵却懒得倾听。

　　这让我想起了美国剧作家罗伯特·费希尔《为自己出征》里的一段文字："他往地上一坐，不断地思索着。过了半晌，他突然警觉，自己这大半辈子，不是夸口炫耀当年勇，就是对未来画大饼……他发现自己从未真正倾听任何人讲过的任何话。"

　　敬爱的长官，我发现我可以自己找到生命的答案了。因为你的沉默，我才有了这个倾听自己、重新认识自己的机会。

　　为此，我诚心向你致谢！

亚历士

附言 FU YAN

"听见"和"倾听"好像是同样的动作，但结果可能有着天壤之别。看看下面这则简短的寓言吧：

村子里的铁匠收了个学徒，很能吃苦耐劳，每月只领微薄的零用钱。这个高大健壮的年轻人，个性憨厚，但铁匠交代的工作，他都乖乖照做，只是常常出错，因为每次铁匠在解释做法时，他总是心不在焉。铁匠心里难免犯嘀咕，但他心想：他不认真听我说话，其实也没什么，毕竟他把工作都完成了，况且，我每个月只要付他一点点钱就可以了。

有一天，铁匠告诉年轻人："我把铁块从火里夹出来之后，会先放在铁砧上，然后，你一看到我点头，就用铁球用力去敲它。"

年轻人照着他说的话做了。就在那一天，这个村子失去了唯一的铁匠，因为，他的头意外被铁锤击中，死了。

看到没，老板，年轻人的确是听到了做法，也以为自己都了解了。也就是说，他听见了铁匠的话，却没把话听进去。

不管对自己还是对别人，认真倾听、懂得倾听绝对是值得的。

改造生命的元素——潜意识和想象力

一个人失去想象力时，死不足惜。但一个充满想象力的人死了，那就实在太可惜了。

——摘自《黑夜尽头的旅行》，路易·塞利纳著

敬爱的隐形人老板：

我发现你已经好几天没在公司出现了。据说你得了重感冒。此刻躺在床上或沙发上的你，或许会因此有点儿时间能看信了吧！

延续我前几封信跟你谈的话题，我又想到一个很重要的问题：我们常常难以下决心做改变，到底是为什么？从戒烟到辞去自己不喜欢的工作，为何总是那么难？我一直认为，如果想要自己的生活更美好，光是倾听自我是不够的，还得做一些改变才行。

根据我读过的心理学书籍，答案必须从潜意识里去寻找。"潜意识"这三个字，我相信你一定听过几百遍了，但是，你真的知道它是什么，又有什么作用吗？

让我来告诉你专业书籍上的说法吧。潜意识是你储藏思想、动力和恐惧的大仓库。它是你最坚定的一部分，总是维持高度的忠诚，执行着它认为是你希望它去做的事。总是尽其所能地保管你托运的东西，忠心耿耿，毫不迟疑。总之，它的作用非常简单，完全是机械式的，就像电脑里的软件一样。

4岁前我们潜意识深信的事实，除非你能够重新检视，否则它会跟着你一辈子。那时候的你，因为年纪太小，根本无法判断信息的正确性，更别说拒绝它或重新给它下定义了。

——如果别人告诉你，你将会是个胜利者，而这个信息被你的潜意识接收了……那么，你就会一直为此事做准备。

——如果别人告诉你，你将会是个失败者，而这个信息被你的潜意识接收了……那么，你会认为此事迟早会发生。

潜意识寻找了最直接的出路，直接回应这些已被接收的事实，虽然你现在的愿望可能正好相反。此外，潜意识是不眠不休的，白天忙着理解和解读，晚上则忙着在你梦里工作。

你的意识只有在你真正清醒、非常清醒时才会活动，所以，它的工作量比潜意识少多了。

由此可见，潜意识的作用比意识强大多了，纯粹是因为它持之以恒的毅力，以及不眠不休的工作。而且它还拥有大量的资讯和知识，神奇得简直无法想象；你生活中所有的想法，都已经登录在它那里了，全都在那里！

因此，如果我们真想改变生活，我们就必须重新检视并重新设定我们的潜意识，这样才能销毁那些妨碍我们实现梦想的思维。

在重新检视的过程中，转化信息的最有效工具是想象力。因为潜意识和想象力是忠诚而热情的爱侣。

想象力，我的想象力，是我重新修整我的潜意识的工具。如果你深入地了解了这个过程，那就意味着你的生命可以被改造。

只有充满想象力的语言能够传达到潜意识那里。因为，潜意识只要一听到强迫、命令、惩罚、专制等语言，必定毫不留情地关上大门。在你重新修整、重新改造它的过程中，潜意识绝不接受"你必须""你应该"等祈使句。

它能接受的语言是温柔而和善的，那是发自内心的纯真语言，只有很小的孩子才会有的童言童语。只有温柔而纯真的语言，才有可能到达潜意识，然后进行改造工程。

如果能够把意识和潜意识结合起来的话，我们肯定将拥有难以想象的强大力量。两者相辅相成，能量无与伦比。

因此，我将和潜意识沟通，请它开始和我的意识接触，进行重新定义自我的过程。

这个重新定义自我的过程，需要的是坚持和耐心，因为你必须不断将新信息和潜意识重复，直到新信息已经深入底层，并且淘汰了旧思维。这样才算大功告成。

我现在可以开始想象，自己的愿望要如何达成，因为我得传达信息给潜意识，让它可以开始用不同的方式看待人生，而且要帮我抓住有助于实现愿望的所有机会。

所有具体呈现的创意，都已经预先在心灵和想象力的工厂里加工过了。这个过程像是在变魔术。其实，一旦你开始过新生活，创意自然会不断延伸，生命的空间也就充满了无限的可能性。因为：

——所有人类梦想的实现，都是先经过想象力洗礼的。

——一个人之所以产生改变的念头，乃因愿望和意识的结合，而最大的推动力是潜意识。

从以上两个句子，我们可以归纳出一个强有力的公式：

$I \times D = R$

想象力（Imagination）×愿望（Deseo）=事实（Realdad）

"他们根本就不知道那是不可能的，但他们做到了。"这个句子，充分表达了潜意识的威力。对潜意识和想象力而言，极限、藩篱、限制都是不存在的；万事万物都是能量，一切都是创意之源，因为它的基本原料只有一样，那就是我们的心灵。

所以，不管是我的蜕变，或任何其他人的转变，关键就在于充满创意和想象力的生活。

正如我之前说过的，潜意识听不懂强迫式的语言，这让我想起了一位大师的话：

生命中最美好的事物，绝不可能靠蛮力获得：

你可以强迫一个人吃饭，却不能强迫他觉得饥饿；

你可以强迫一个人就寝，却不能强迫他睡着；

你可以强迫一个人听你说话，却不能强迫他听话；

你可以强迫一个人鼓掌，却不能强迫他感动；

你可以强迫一个人亲吻你，却不能强迫他爱你；

你可以强迫一个人露出笑容，却不能强迫他开怀大笑；

你可以强迫一个人恭维你，却不能强迫他从心里崇拜你；

你可以强迫一个人向你泄密，却不能强迫他信任你；

你可以强迫一个人服侍你，却不能强迫他深爱你。

饥饿、睡着、听话、感动、爱、开怀大笑、崇拜、信任、深爱……这些都是不能用蛮力强迫的行为。这些美妙的行为，都来自潜意识。

保持联络。

希望我们每一次都能有更多觉悟。

亚历士

附言 FU YAN

敢于冒险、敢于打破僵局、敢于尝试不同的方式、敢于用不同的观点来看待事情、敢于活出自己（当然，也要尊重别人的生活）、敢于叛逆、敢于做自己想做的事、敢于玩乐却不伤害任何人……对于这些人而言，若说他们是"无意识的"，那等于侮辱了他们。因为，经常和真我沟通的他们，意识可能是最清楚的！

承认自己需要帮助

承认你是自己生命的原因而非结果，这能让你心无畏惧，你将会感受到一股新能量。

——摘自《为自己出征》，罗伯特·费希尔著

敬爱的老板（无论你在何处）：

我决定和自己的纯真对话，开始过一种和现在完全不同的崭新人生。只是，现在有个小问题，不知道如何着手。

我想，最理想的做法是求助于值得我信任的人，他会愿意倾听我的想法。这是最基本的条件。让我觉得他对我是没有成见的。总之，他要能让我畅所欲言，毫无顾忌地表达我的情感（我的恐惧、我那天马行空的幻想），而不必担心他会拒绝我或取笑我。

我曾经想过，这样的一个人应该是你才对，但我不知道你是否愿意听我说话。

你在哪里？长官，为什么一点儿音讯都没有？

如果不能向你倾诉，那么，我又能找谁帮忙呢？

于是，我想到一个方法：求助于专业人士。也就是说，去看心理医生、心灵导师或心理学家……总之，这个人能够全心全意倾听我的想法，足以让我信任，又能任我恣意表达内心的想法。

这样一个人，将会陪我一起踏上寻找自我的旅程。我会渐渐用不同的方法看待世事，想象自己未来的美好新生活。

许多人都有个错误的想法，以为去看心理医生或求助于人是件很糟糕的事，不是疯了就是精神出了问题。还有人觉得，向人求助是弱者的象征，等于承认自己已经被压垮了。

对许多人而言，去看心理医生，或找相关专业人士陪你一起探索自我，这意味着"我有某些事情做得不好"，所以"我不够完美"。

他们很犹豫，在心里不停地问自己："如果有人看见我从心理咨询门诊走出来，他们会怎么想？说不定他们会觉得我很堕落、嗑药、不快乐、没有安全感，我是个弱者，哭哭啼啼，不够坚强，对自己没有信心，对人生充满疑惑，心中满怀恐惧，对自己充满质疑……"

想到这里，我忍不住想放声大喊：

那又怎么样？

这有什么问题吗？

只有除去心中的质疑，才能跨出寻找自我的第一步！

许多人都不知道，除非你做自己的矿工，否则无法采集到真正的智慧宝矿。然而，这是一项艰难的任务。思考事情比思索自我简单多了，尤其反复思索自己的人生，更不容易。

真正疯狂的是，当我们觉得已经到了该自我检视的时候，却依然裹足不前，不去看心理医生，不找心理咨询师听我们诉说心声，也不去好好探究我们内心的想法。

于是，我开始思考自己这个人，也决定把别人的想法抛诸脑后。因为，别人说不定和我一样，也正战战兢兢地寻找自我，却没有勇气公开承认自己的生命其实碰到了一些难题。

　　我认为，几乎所有的人都需要有个能够让我们轻松面对自我的空间。在这个空间里，我们可以侃侃而谈，有人陪伴着我们，静静听我们细诉……

　　如此一来，我们会变得更坚强，生活得更积极，尽管我们依然有很多疑惑。因为对我们大多数凡夫俗子而言，总会不断有新的困惑需要我们去省思。

　　谈到这里，我想起了一则小小的寓言。寓言里的三个人物，完全颠覆了我们既有的印象：

　　从前有个关于小红帽、老奶奶和大野狼的故事。

　　有一天，他们发现自己的生活简直是一团糟。最糟糕的是，老是活在同样的故事里，他们觉得实在没有任何新鲜感。所以，三个人决定联袂去看一个很高明的心理医生。

　　经过了几个月的辅导和治疗之后：

　　——小红帽决定不和阴险狡诈的野狼说话，因为它只会欺骗她，害她在故事里多走了又长又曲折的冤枉路。

——老奶奶则决定不帮野狼开门了。这个坏野狼，虽然乔装成小女孩的样子，却还是不小心露出了长毛，声音也那么沙哑……此外，她还决定在市区买间小公寓，再也不住在杳无人烟的森林里了。同时，她还请了个佣人来照顾她的生活起居。这样一来，她的小孙女就不必单独穿越那片满是阴险狡诈的大野狼的森林了。因为女儿和孙女的孝心，老奶奶手边有足够的积蓄买房子，请佣人。

——对于凶狠的大野狼，它决定不再伪装成老奶奶的样子，躺在床上等小红帽自投罗网。它发现，比起装模作样骗老奶奶和小红帽，在森林里猎野兔要容易得多。换言之，它决定做个真正的野狼。

故事到此为止，真正画下了句号。

三个主角终于可以好好休息，从此过上幸福的日子了。

这个故事的寓意是：

若要过真正幸福的生活，就应该诚恳面对自我，仔细检视自己原本的面目。若需要帮助，就应该坦然求助于人，还有，千万别再自欺欺人了！

祝一切顺心。

亚历士

附言 FU YAN

普鲁斯特曾在某个场合这样说道："万事万物都没变，变的是我自己；因为我变了，所以万事万物也变了。"

我认为，关注自己是人生最美好的投资，由此可以让我们认识到，我们的生命可以由自己做主，再也不是各种现实环境下的牺牲品了。

寻找自己遗忘多时的才能

> 所有的人生都会有个目标，每个人都有与生俱来的天分或特殊才能，那是我们能够奉献给他人的礼物。
>
> ——摘自《成功的七种精神指标》，狄巴克·乔布拉著

为感冒而哭的虚弱老板：

在我的前几封信里，我跟你提过一种大家都很熟悉的荒谬状况，也是经常在我们身边上演的戏码：

那些在职场上表现杰出的专业人士，投注大量心力去分析或管理公司大大小小的事情，却管不好自己的生活。也就是说，他们的个人生活其实一团糟。

他们在职业生涯中，为自己的公司或产品做过数以百计的研究或分析。然而，奇怪的是，他们却从没想过探究更重要的事——他们自己，他们的人生……

原因不一而足，或许是偷懒、无知，也可能是恐惧或忙碌。或

许是因为重新思索自己的人生需要太多时间、恒心和勇气。或许，他们连想都没想过这件事。

曾有智者这样说过："如果你根本就不知道要航向哪一个港口，那么，任何风向都对你不利。"由此可见，花一点儿时间在自己身上是值得的，而为了确定自己的人生目标，第一步就是好好重新认识自己。你不觉得吗？

自我分析的结果，可以解答下面几项简单的问题：

——我自己在这一生中真正想要的是什么？

——我拥有的特殊才能和专长是什么？

——我活得幸福吗？我是否太忍耐或太屈服于现实？

——如果我的答案就在忍耐和屈服间摇摆不定……那么，我要怎么做才会幸福？

总之，对于那些不快乐的聪明人来说，如果他们总觉得自己怀才不遇，相信他们的内心已经发出呐喊，要求重新省视人生……假如他们想为自己的生命找出方向，甚至注入情感，自我分析可以是很好的工具。

　　这个自我分析的过程，必须在乐观、正面的心态下进行。因为，我们内心一切的能量，都应是乐观而正面的。

　　我们的内心藏有一股能量，若要取得它，我们只要关注自己就可以了。我们要做的事，无非是找出并确认自己的力量，包括那些被遗忘多时的才能。我们无须和自己的弱点搏斗，而应将它们转化，变成你能够发挥的才能。

　　我们一直拥有一股力量，现在有，过去也有，只是都被忽略了。从此时此刻起，我们要拭去它上面那层厚厚的尘埃，把它变成我们自己的一部分。

　　这样想，你将会发觉，原来自己这么能干。

　　事情就这么简单：回想自己会有的才能，然后让它尽情发挥就是了。

　　因此，我们必须释放那些被囚禁或被遗忘在牢笼里的才能。我们长久以来一直忽略了它们的存在，原因不外是生活环境使然，或是每天一成不变的工作内容所造成的。

事实上，我们上班时，90％的工作内容和前一天是一样的（这可不是我编出来的，而是研究报告公布的数据）。而且，脱离这种一成不变的生活并不容易，我们不妨称之为"习惯性的循环"。

有一次，我偶然听见有个节目中的受访者大言不惭地说道："我在这个领域已经有10年的经验了。"然而，反应机智的节目主持人看着他的履历质问道："很抱歉，我个人倒觉得，同样的工作做了10年，那只算是一年经验重复10次而已！"

所以，我们应该把注意力放在自己与众不同的特质上，因为这些特质能帮我们清楚地找到自己的定位，也让别人更容易看见我们。

为了确认自己的力量何在，我们必须首先了解最好、最完备、最深刻且真实的自我是怎样的。这一过程，自然应该是在无畏无惧、不悲不怒的情况下完成的。

你再也不怕被抛弃（例如，别人不要我，离开我或丢下我一个人），不必担心能力不足（我一无是处、我不知道如何完成这项工作、我办不到），也没有自我认同的疑惑（我不知道我是谁）。

或许，这个自我诊断的过程不如我们预期的那样清楚或快速。我们的天分或才华多半都和自己黏得太紧，不可能被放在眼前好好检视，这当然容易让我们忘记自己居然还有这些才能。碰到这样的情况，他人的帮助就显得特别重要了。当然，这个人必须对我们足够了解，足够真心实意才行。

那么：

——我要倾听并重新认识我已有的才能。我会把我的才华条列式地记录下来。

——为了让上一个项目的资讯更完整，我会向身边的好朋友请教，他们都是相当乐观的人。我会敞开心胸向他们提出心中的疑问，同时也会请他们无避讳地回答我的问题。而且，我会请他们特别指出在我身上所看到的正面特质。

这样一来，我就可以把自己的力量列出来了：不仅是我自己看到的部分，还有别人在我身上看到的部分。有了这个清单，我就能检视相关的条件：由此当然就能找出我与众不同的特殊之处了。

当然，自我检视的过程不是这样就结束了。

我们过去或许曾经有过某些才能，但现在却无法表现，或只能发挥其中一小部分……为了找回原来的才能，我必须把这一生所有的经验好好回顾一番。

我灵机一动，不妨玩个游戏吧！

我想象自己并不是现在这个年纪，而是把过去每一年的岁数都加起来，这才是我的年纪。假如我今年33岁，那么我将回顾自己32岁、31岁、30岁……一直回溯到3岁、2岁、1岁的我。然后，我会把这些岁数全部加起来。事实上，我活过的每个年纪，各有不同的经历和经验，这才造就了今天的我。接下来，我还会逐一记录自己在各个年纪所表现出来的才能、态度和热情等。

这虽然只是个简单的数字游戏，但当我算出年纪总和时，还是吓了一大跳。（我已经571岁了呢！）就从这个角度看来，即使是个10岁的孩子都是值得尊重的，因为他也拥有相当可贵的经验啊！

因此，此时此刻的我不但是个快活的孩子，乐于学习，创意十足，自由自在。而且，我也是个聪明的成年人，充满活力，经验丰富。此外，我还是个亲切的父亲，也是个热情、帅气的年轻人……以上这些都是"我"，因为那些都是我的经验。

我想，在寻找生命方向的过程中，最重要的是重视自己的才能，珍惜它，相信它，并大大方方地将它展现出来。

还有一件事也是很重要的：我不能将所有的才能都往自己身上揽。我要诚实地面对自己。我应该接受自己不会做和做不到的事。正如我的英国朋友说的："Be the best of you, not better than you."呈现你最好的一面，但不需要打肿脸充胖子！

　　我所认识的人当中，拥有优质生活的人（这里所指的是广义的优质，不只是物质）都曾探索过自己的才华，而且至今仍未间断这样的自我探索。他们不但找到了个人目标，并且按照这个方向努力着。他们心里始终很清楚，自己的工作不但能满足自己，也能有益于他人。

　　诚恳的自我诊断或重新定义自己的人生，永远不嫌迟！

　　请接受我最诚挚的祝福！

亚历士

附言 FU YAN

　　阿普里雷曾在他那部杰出的作品《歌颂笨蛋》中提到："脑子不愿思考，别人的期望照单全收……这样的你，和隔壁邻居有什么不一样？我们应该遏止陈腐、无用的思想在脑海中出现才对。"

　　所以，如果我们够聪明的话，就应该开始思考自己真正的愿望是什么了。

机会出现时，你准备好钓竿了吗

> 成功者皆是顺势而为的行动派，他们会寻找优劣的情势，如果找不到，就会创造它。
>
> ——萧伯纳，英国著名剧作家

敬爱的恢复健康的老板：

我知道，事实上你并没感冒。两个礼拜的时间不算短，因此，我忍不住想要查明真相。据我所知，你休了长假，原因是压力过大，情绪低落。

由此看来，人们依旧觉得承认自己压力大、倦怠、虚弱是件很丢人的事。他们宁愿编造各式各样的谎言去掩饰真相。社会压力如此强大，我看你也难逃这个巨大的魔掌。

这让我突然想到，说不定你也很需要我呢，就像我需要你一样。我一直在等你为我解答心中的不安。不过，在一连串扪心自问，自我探索之后，我细心观察周围的环境，也观照了自己的内心世界，如今，我已渐渐能用自己的方法自我解惑了。

我会继续和你分享这个寻找自我的过程，因为，我相信这样可以帮我们两个人过得更幸福，真正单纯的幸福。

在这个过程中，我发现自己的生命中一直充满机会。我已经不再恐惧，而且就如同我之前写过的某一封信中所提到的，我越来越深信，我的生命由我自己掌握，机会就在我手中。

字典里是这样解释"机会"的："天时、地利，各项条件均适宜。"我们当下都想拥有的这种天时地利，其实是可以由我们自己创造的。

亲爱的老板，如果你的生命中有些地方出了差错，而你也觉得应该有所调整或改变时，请你认真思考一番，你能继续这样过多久。

在一个不适宜的环境中生活，有一大困扰，令人浑身不自在，这样过日子简直就是一种折磨。

出了差错的环境也容易让我们自暴自弃，因循苟且地生活，一天到晚抱怨自己怎么那么倒霉，一边却不想做任何改变。

这种"被害者症候群"（Victimitis）最典型的症状，就是不停地抱怨生活，埋怨别人，每天的日子好像只有苦没有乐，动不动就难过、流泪。

在这样艰苦难熬的生活（敌人和威胁总比朋友和机会多得多）里，快乐和喜悦变得遥不可及就可想而知了。世间这么多人觉得不幸福，其中一个重要原因，就是人们经常沉湎于自怜自艾的情绪之中，无法自拔。

说到这里，我忽然想起一个笑话：

"亲爱的，你为什么不出去玩玩呢？让自己轻松一下嘛。"

"你很清楚的呀，我出去玩的时候，一向是轻松不起来的。"

一个人绝对可以选择自己想要的生活方式，不必活得像"被害者症候群"中的可怜虫。实际上，我们总有机会脱离原来那个一团糟的生活，终究能够过上我们想要的日子。

有些人不懂得珍视自己拥有的机会，甚至刚好相反，眼里总是可怕的威胁。

这些威胁，除了一些明显而直接的例子之外（例如恐怖主义），其他多半是对现实生活的过度曲解，完全是庸人自扰。

生活是不会有威胁的，生活只是不断发生。所有的实践皆无好坏之分，可以任由你涂上自己喜欢的颜色。或如西藏谚语所言："没有令人失望的状况，只有陷入失望的众生。"

因此，一个人完全可以重新解读过去曾有的经验，包括那些你认为是充满威胁性的事件。换一种眼光去看，你就会有全新的感受，一种包含学习和体悟的感受。因此，我们生活的环境是威胁，还是机会，全由你自己选择。

很多时候我们看到的都是表象，不是真相。我们对事情的理解，常常是感情用事，还有我们在心里和文化上的本位主义，也会导致现实的扭曲。有些人的目标，对某些人而言，可能就变成了不可能的任务。火车上人山人海的场面让人厌烦，同样的情景搬到迪斯科舞厅，刚好是大家都很喜欢的热闹气氛。

我们的纯真通过特有的理解机制，使我们总是以特定的方式看待现实。这个解读方式结合了我们涌现的各种灵感和看法，然后会出现一部生活电影，其中必定具备三大基本要素：自己、别人和环境。

我们的纯真在这部电影里扮演的角色不尽相同，最后的结局也可能因此而有完全不同的意义（例如从正面变成负面）。

如果我们对自己的看法是负面且懦弱的，那么，我们对现实的解读也会悲观、艰难且凄惨，而实际情形可能很正面，根本就没什么好担心的。

我们在这部生活电影中所选择的演出方式，将影响到我们接下来的生活态度。决定如何演出，纯粹是个人选择。你的目的性越高，做抉择时的自由度越强。

因此，一个人越能将心扉敞开，他对自己、对生命、对他人以及各种经验的包容力就越强，那么，生活中的"威胁"对他就逐渐都转化成了机会。

只要改变态度，改变看世界的方式，轻易就能驱逐"威胁"这个大恶魔。然后，倾听自己的心声，分析自己的能力和才华，你就可以彻底将"威胁"转化成机会。

机会不只是运气的果实而已，它是可以被创造的。为了创造机会，我们必须知道自己真正想要的是什么。

我们的行为模式，出乎意料地仍然像个婴儿，把给予我们东西的人都当成了妈妈，不管那是不是我们想要的。可是，我们都忘了，如果真的想要什么，如果我们觉得自己有资格获得什么，那么，我们就应该开口提出要求。

我有个朋友，不但是杰出的作曲家，还是个优秀的诗人，不到40岁，一个真正的天才。他的梦想是：有朝一日，有位国际级的知名歌唱家能演唱他的音乐作品。有一天，我们约来一起吃午饭，他把自己的梦想告诉了我。

　　我的反应很简单："你为什么不把这个想法说出来，用电邮直接把部分作品寄给他们呢？"他一听，居然愣住了："我？可是……根本就没有人认识我呀？他们会怎么看我这个人？你觉得呢？他们一定很忙的。他们会有时间看我的作品吗？"

　　"如果不去尝试，你永远都不会知道。"我告诉他。

　　后来，他真的试了。现在，他正忙着和一位歌唱家录专辑呢！

　　由此可见，很多时候，机会之所以出现，是因为我们大胆提出了要求：不管是要求加薪，还是请自己心仪的对象吃晚饭，都是一样的道理。

　　实际上，生命中各种机会的质与量，直接取决于我们面对机会时的态度。

　　换个方式说吧：当机会从我们面前晃过去时，我们必须已经把钓竿和诱饵准备好了！

　　祝生活愉快。

亚历士

附言 PU YAN

王尔德说过："拖延，等于谋杀了机会。"

这里有个古老的寓言足以印证：

有个年轻人兴高采烈地谈着自己这一生的梦想。

"你打算如何将梦想实现呢？"他的师父问道。

"一旦机会来了，我会马上付诸行动。"年轻人答道。

"机会永远不会来的，"师父解释道，"因为机会早就在这里了。"

第十二封信

相信自己

人类应该找出通往内心之路，彻底了解自己存在的意义。生而为人，不能像垃圾一样消失在历史中就算了。

——摘自《行刑前的沉默片刻》，因热·卡尔特斯著

亲爱的隐形人老板：

从我开始写信给你，几个礼拜一晃就这么过去了，虽然你一直和我保持距离，不做任何回应，但我可以感受得出来，你在我身边时，内心是很激动的。

这是我首度发现，事实上你对我所说的那些事很感兴趣，你也觉得很受用，所以，你其实很仔细地在看我的信呢！

这让我更想继续写下去。

我曾和你分享过，每个人都必须详细分析自己的生活现状、愿望、才华、目标以及真正的热情所在。我也跟你提过，为了让这项自我分析更真实，我们应该克服所有障碍，例如潜意识中的恐惧。

谈到这里，让我想起了一件事：我们必须克服的最大障碍，其实是我们对自己的看法。而我在前几封信里也提过，我们的性格在童年时期开始打造，每个人出生时都是一张白纸，在纸上写字、作画的则是周遭的人：我们的父母、兄弟姐妹、叔伯、师长……

不久前，我读到一篇文章，让我印象非常深刻。那是德列佛森和达克在他们合著的《生命中的危机时刻》一书中，模拟一个4岁的孩子所写的日记：

星期四，早上8点10分：我把古龙水翻倒在地毯上，味道很好闻。妈咪很生气，告诉我不可以玩古龙水。

早上8点45分：我把打火机丢进咖啡里，被打了一顿。

早上9点：我去厨房，但被赶了出来。不可以去厨房。

上午9点15分：我去爹地工作的房间，被赶了出来。不可以去爹地工作的房间。

早上9点30分：我把橱柜的钥匙拿下来玩。后来妈咪找不到钥匙，我也找不到，妈咪气得对我大吼大叫。

上午10点：我找到一支红色水笔。我拿笔在地板上乱画。不可以这样。

上午10点20分：我拿起毛线钩针，把它弄弯了。另外一只被我插在沙发上。不可以玩毛线钩针。

上午11点：我该喝牛奶了。可是，我只想喝水！我用力大哭，结果被揍了。

上午11点30分：我把香烟折断了，里面有烟草。不可以碰奇怪的东西。

上午11点45分：我跟在围墙下的蜈蚣后面，还发现了胭脂虫。好好玩儿。可我不可以玩虫。

中午12点15分：我吃了便便，味道很奇怪。我不可以吃便便。

中午12点30分：我把吃下去的沙拉都吐了出来。吞不下去。可我不可以把东西吐出来。

下午1点15分：午睡时间。我睡不着。我爬起来坐在床单上。好冷。不可以让自己觉得冷。

下午2点：我想了又想，发现什么事都不可以做，既然这样，一个人活着要干吗？

李贝罗博士曾介绍过，一群美国科学家做了一项研究，主题是儿童一天内听到的话。他们发现，一个孩子从出生到8岁为止，每天会平均听到35个"不"！

很糟糕，对吧？或许，这些孩子不断听了许多"不行"和"不可以"之后，自然而然也会以为尝试、玩耍、冒险，甚至尽情地生活，都是不被允许的。

我并不是说教育孩子守规矩是不对的。只是，如果"不"这个字变成了如时钟的嘀嗒声般的自然反应，完全不顾孩子生而为人应该体验世界的权利。如此下去，孩子们会渐渐失去敏锐度，无法与他人做情感交流，也没办法倾听、分享、尝试、冒险。

除了一大堆"不"之外，在教育的过程中，还有更多其他不恰当的表达方式，虽然说话者常是好意："你很好""你不好""你好漂亮""你好丑""你像个小圆球""你像个大衣橱""你像个洋娃娃""你长得像野兽""你是个小公主""你简直像废物""你跟你爷爷一样""你将是这个家里最优秀的律师""你以后一定是个花花公子""你以后一定没出息"……甚至是我们最常听到的那句含糊抽象的赞美:"你好特别!"(到底哪里特别了?)

某种程度而言,这些表达字句实际上也传达了我们是怎样的人、未来应该做什么。

此外,我们所接受的教育,要求我们从小就遵从教诲,大大小小的规矩不知不觉中已深植在我们潜意识里。有心理学家将这些规矩定义为"驱策者",因为它们会在暗中"支配"我们的行为。

我们常听见的规矩大概有下面这些:

——要让大家高兴。

——要做个完美的人。

——要做个坚强的人。

——动作再快一点儿。

——要努力，再努力。

——凡事要小心。

以上这些句子，深刻地烙印在潜意识中，形成了每个人个性的一部分。你如果仔细想想自己，然后用心观察周遭其他人，你会很清楚地看出他们的行为方式：每个人都有一些规矩。

例如，有些人把"要让大家高兴"看得至关重要，他人就跟上帝一样重要，他们终其一生都在取悦他人，甚至忘了自己的存在。

这群人在生活中往往有很多不良嗜好，比如大吃大喝、抽烟、看垃圾电视节目等，这些都是为了减轻焦虑。因为他们时时刻刻都得努力做那个父母期望中的孩子，为了获得他人的接纳和喜爱，他们会付出一切代价。在这个"让大家高兴"的想法背后，隐藏着讨好所有人的妄想。

还有一些人则把"做个完美的人"看得特别重要。这些人经常很骄傲地宣示自己是"完美主义者"，但可以想象，他们会因追求完美而承受莫大的压力，甚至是焦虑的代价。一个孩子如果天天活在"很好，但还要更好"的环境中，恐怕会把这种情况解读成"我永远都不够好"，终其一生都活在寻求完美的梦魇中，因为这毕竟是个不可能达成的任务。

谈到"做个坚强的人"，为了遵守这个训示，许多人长期压抑自己的情绪，掩饰心中的恐惧和悲伤，甚至罹患了心肌梗死等疾病。一个孩子如果长期被灌输"男儿有泪不轻弹"的观念，或是更直接的说法——"人生本来就很艰难，你一定要坚强才行"，孩子的解读可能会变成——"我不应该有感情"，甚至——"我的情感不能外露，我要坚强才行！"于是，他会一味逃避或掩饰自己内心的真实感受。具备这种特质的人对别人所表现的情感，恐怕都不是真正的情感。

至于"动作再快一点儿"，没什么好多说的，因

创造机会的密码

我们必须克服的最大障碍，其实是我们对自己的看法。

为定义已经够清楚了。脑袋里一旦有了这样的观念，做事就容易出错，决策也会很草率。因为思虑欠周详，生活往往被搞得复杂又难解。在西方社会，事事都要求"动作要快"，连喝的汤都是即溶的。一切都要"飞也似的"。"动作再快一点儿"背后有个错误的观念，好像凡事不够快就不够好似的。

"努力，再努力"则是文明社会的另一个弊病。遵守这项守则的人，潜意识里必定经常浮现这样的句子："不劳而获的成就，不足称道。"他们总是把注意力放在无法达成的目标或无法执行的任务上，生活莫名其妙地变得一团糟。

最后是"凡事要小心"，这显然是要大家谨慎行动。留在原地，既无危险，也不会有威胁。换个方式去解读这句话就是："千万别去做——管它什么事——因为那样很危险，一定会发生很可怕的事……"因为这样的观念，一个人想去尝试新事物的念头终究不得而行。

总之，我们眼中的自己，就在这些"规矩大杂烩"中被定义而成。我们从小被灌输这些观念，至今已在潜意识中根深蒂固了。

谈到这里，再想想那个老问题"我是谁"，恐怕就不是那么容易回答了。有些人可能会说："我跟我爷爷一样，动作又慢又笨。"但他却不去思考，动作又慢又笨是没有遗传基因的！

因此，亲爱的老板，我们绝对有义务去分析自己，看看我们是否真的如别人所说的那样。我相信，我们一定比别人眼中的自己精彩多了。

请接受我热情的拥抱！

亚历士

————————— 附言 PU YAN —————————

契诃夫曾说："一个人应该活出他原本的样子。"关于这一点，最好的例子莫过于故事中的丑小鸭了。当这只黑色小鸭置身天鹅群时，它忘了自己是谁，但我认为错不在它。

突然间，它发现了这个错误——自己本来就应该长这样的，它不需要虚伪地成为天鹅的一分子……解决了疑虑之后，顿时海阔天空。它知道，只要认同自己，它就能快乐地活出自己的人生！

然而在觉悟之前，丑小鸭一直活得很沮丧，总是被别的天鹅瞧不起，自尊一直被踩在脚下……而一筹莫展的它，始终也是一副受害者的形象：因为它并不知道自己真正的身份。

一切真相大白之后，它一反过去腼腆、害羞的个性，大胆地要求别人对它的认同和尊重。当然它也要学会认同和尊重天鹅才行，毕竟，天鹅确实是高贵而美丽的。

认同和尊重，这不也是大部分人应该学习的课题吗？

做自己生命的主人

> 我们都看不起真相……因为我们总是执着于用自己
> 的观点看事情。
>
> ——安东尼·布雷·冯谷贝达,西班牙著名学者

亲爱的老板:

不知道你有没有想过,当一个孩子刚刚来到这个世界时,他未来的发展和可能性就像远在天际的屋顶一样。我在前一封信中谈到的主角,那个刚满4岁的孩子,可能已经听了超过5000次"NO"。这时,孩子已在不知不觉中设定了自己生命屋顶的高度。

我们刚出生时,只有天空这个大屋顶。不断接受"鞭策"之后,我们开始设定自己屋顶的高度:两米、两百米、两公里、两百公里……我们的生命从巴掌大的尺寸开始发展,大半时间忙着生存而不是生活,因为我们必须"赚钱谋生",因为我们害怕自己一无所有。

我们出生时都有一股强大的学习潜能。但为了适应现实，我们逐渐失去了这股能量。对一个孩子而言，他的父母和身边其他长辈，这些身高比他多出两三倍的人，简直如上帝一样伟大，他如果想好好过日子，除了服从他们之外，没有别的办法。你不妨想象一下，如果有个身高两米的长辈在你面前，一把抓着你的脸，凶巴巴地呵斥你："不准讲话，赶快吃东西！"这时，你会有什么反应？我相信你一定会乖乖继续吃的。

每个人各有不同的经验，因此造就了独一无二、与众不同的个人。不过，如果我们深究字义的话，个人之外，还有许多族群。换言之，这些各有不同个性、义务和喜好的族群，也是由许多的"我"组成的，而周遭环境和情绪的变化，则造成这个"我"的意识出现或消失。于是，一个人的生命……最后被切割成许多琐碎的片段！

最糟糕的是，许多人一直被当作族群里的一分子，这些人会因此以为自己只是补语，而不是主语，他们成了：

创造机会的密码

发自内心的诚实想法，终究会成为你的财富。

——补缀词：别人的脑袋（思想），别人的手脚（行动），别人的心（感受）；

——刀口向外的武器：为了伤害别人、威胁别人或使别人受苦；

——用来装潢的物品和家具：他们成了其他人观照恐慌、不安和挫败的一面镜子。他们是塞满过时旧衣服的衣橱，他们是花瓶（纯粹装饰用）、书本（总是被放得高高的）、地毯、纸屑篓、洗涤过去的清洁剂……

——修理家具的工具和器材：他们被当成润滑剂、铰链、钉子、钻头、插锁等。

如果我一直很在意别人的眼光，如果我老是借由别人对我的看法来定义自己，那么，我恐怕这辈子都无法回答这个问题：我是谁？（我知道有很多人能帮我回答这个问题。）

因此，当我们不再成为别人的附庸品，而是自己生命的主人时，幸福才会来敲门！

"主人"带有个人的意味，听起来就有掌握自己生命的味道。

做独立的个人，是做人的第一步。因为做人是一个过程。关于这一点，我想没有人比维琴尼亚·萨提尔所下的定义更精准了：

一、允许我做自己、成为自己，而不是一味地等待别人决定我该去哪里、我要成为什么样的人。

二、允许我体会自己的感受，而不是让别人帮我体会我的情感。

三、允许我拥有自由思考以及抒发想法的权利，我不会把话藏在心里，除非我认为三缄其口更适当。

四、允许我大胆冒险，我会乐意付出代价。

五、允许我去寻找我要的世界，而不是痴痴等待别人给我许可才行动。

从群体之一变成个人，有条漫长的路要走。就像学武术一样，初学者系着白色腰带，通过一关又一关的考验和挑战，直到黑带十段。获此荣耀，不仅是技术获得肯定，更代表着你拥有受人尊崇的完美和智慧。

请接受我热情的拥抱，希望你早日康复（身体和心理都完全康复）。

亚历士

附言 FU YAN

"重新变回那个童年的你，他从来不为成为成年后的你感到羞耻。"这是我听过的一句话，我把它送给你，这曾经是我最珍贵的礼物之一！

有时候，自私一点儿是必要的

利己主义并不是为所欲为，而是希望人人都能活出自己。

——王尔德，英国著名作家

亲爱的老板：

我接下来要告诉你的事，或许会让你不太愉快（尤其是如果你接受的教育和我一样的话），但我还是要诚实地把心中的想法告诉你：在生命中的某些时刻，自私一点儿反而是好事。

我正打算这么做。或者更准确地说，我需要自私，因为利己主义是自我人格完善以及人生重新定义的关键要素。当一个人重新自我定义，努力成为完整的自己时，确认自己和别人之间的相对地位，是不可或缺的步骤。

不过，你的位置的移动和改变，注定会影响身边的人。在你努力成为自己的过程中，身边可能有些不了解你的人，不支持也不接受你的改变，有些人甚至会认为你疯了。因为，对他们而言，人生是不可能改变的，任何心灵治疗都无济于事。人生多么艰难啊，未来也一样，一个人怎么可能掌握自己人生的方向。"这个世界向来都是如此运作，你这种人简直是痴人说梦。"

这样的负面思想，就像是在水面下冲着你来的鱼雷。可想而知，他们紧跟着你，企图用他们主观的想法击败你："不能这样做，你这样只会浪费时间，你被骗了！"甚至要你"说出个道理来"。

碰到这种情况，务必记得，有件事连上帝都做不好，那就是：取悦所有人。

生命中的某些时刻，如果你移动了位置，坚持走向自我实现之路（实现幸福、成功、富裕……各种你梦寐以求的希望），千万别在意旁人是否了解你。只要你了解自己就够了！

如果利己主义被定义为个人"对自己所投注的兴趣和关注"，而利己主义者意味着关爱自己、对自己有兴趣……这样的做法有什么不对吗？

人的一生，有这样健康的利己主义，难道有那么糟糕吗？因为再也不想抬头只见两尺高的屋顶，而决定自私一下，这样算是罪恶吗？

这种和贪婪与吝啬完全不同的利己主义，不正是一个人重新定义自己的关键所在吗？因为人变得自我以后，就不再一天到晚担心："人家会怎么说呢？他们会让我这么做吗？他们会接受我吗？他们会喜欢我吗？"

一个人唯有懂得适时采取利己主义，才能做到"爱别人像爱自己一样"。你必须真正爱自己、尊重自己，才有能力真正爱别人。

然后，利己主义终究会成为一个人想要表现自己、做自己、挑战自己时的必要条件。唯有健康的利己主义，我们才能重新定义人生，并减少别人的期许对我们造成的负面影响（还记得这些话吧：提起劲儿来；做个十全十美的人；再努力一点儿、快一点儿、坚强一点儿、小心一点儿……）。

可见，有时候"自私"一点儿是件有益身心的事！你可以把足够的时间和精力，留给自己喜欢的人。例如你的孩子、你的情侣、你的好朋友，以及对你有深刻感情的人……

当然，就像所有的规则都有例外一样，这里也有：一切涉及孩子的问题，任何形式的自私自利都是不该存在的，因为孩子是我们对生命最重要的承诺！可惜的是，对许多不思进取或迟迟不愿改变的人而言，孩子却成了最好的借口。最典型的说法是我得赚钱养孩子，所以我不能这么冒险。而另一个耳熟能详的句子是：我这么拼命工作就是希望孩子样样都不缺。这其中确实有相矛盾的地方，值得我们正确把握自己的心态。对孩子而言，他们最需要的当然是父母的关爱与陪伴。所以，如果真有什么事情值得我们自私一点儿的话，那一定是孩子的幸福。

有个好友曾经这样对我说：照你现在所做的事情继续下去，你所获得的成就只会跟现在一样。如果你想要有不同以往的新收获，你得有新作为才行。

我在此补充一项：加上健康的利己主义。

请接受我热情的拥抱，欢迎你加入健康的利己主义者的行列！

亚历士

附言 FU YAN

王尔德曾说："关爱自己是关爱整个世界的开始。"

而克劳帝欧·卡萨斯医师在他那本名著《画家的调色盘》中这样写道：

结合了臆测、偏见与克制力的思想，不但阻断了我们立即行动、侃侃而谈以及忠实呈现自我的能力，也蒙蔽了我们自己真正的需求……

长此以往，你只会成为人云亦云的凡夫俗子。

如果我们有能力让生命更丰富，那么，我们何苦甘于平淡呢？

不能让生命就这样受苦、沉寂、老去呀！

所以，碰到你不喜欢的事物时，何不大胆说"不"呢？

如果你做的事情正伤害着你，那就该果断放弃。

想大方给予时，尽管与人分享。

如果想哭泣或大叫，何妨释放自己的情绪？

当你想与人沟通交流时，何不敞开心胸呢？

如果你满怀喜悦，就该展露笑容！

何妨就让别人接受真正的你，那个没有贴上任何标签的你？

何妨就活在真实的当下，不再思索过去或未来？

何妨展现自己的特质，从此做真正的自己？

以上这些话，真是字字珠玑啊！

谢谢你，克劳帝欧！

第十五封信

幸福的罗盘

做内心真正想做的事，你便再也不会不满足，便不再心存妒忌。反之，你将会被生活压得喘不过气来。

——摘自《最后十四堂星期二的课》，莫瑞·史瓦兹著

亲爱的老师及朋友们：

阿根廷大文豪博尔赫斯曾经说过："人生最不可原谅的罪过，就是从来不曾幸福过。"

好一句至理名言！

字典里是这样定义"幸福"的："因为拥有美好的事物而精神愉快……"读了这一小段文字之后，我心想："太可怕了！这是一个粗糙而简化的定义。一定会让人把幸福误解为拥有各种商品的物欲。"

我们大概都曾在得到自己想要的东西的那一刻，大口吞下了幸福，我们一直以为这就是幸福：满足自己不断扩张的欲望，不管在

经济上或物质上都一样。

要了这个还要那个，不断索取，甚至忘了自己是谁。

请看看以下这段文字：

有一些人，即使没钱也拼命买他不需要，也买不起的东西，不管自己的经济状况，只是一味地满足物欲，企图让自己在人前看起来体面一点儿，以致家里累积了太多太多用不着的东西……这个寻找幸福的错误方法，带给他的只有破产，外加沉重的精神官能症。买了这么多东西……出卖灵魂将是他最后必须付出的代价！

幸福，来自拥有另一种类型的"美好事物"。这是心灵与人性中美好的部分：平静、活力、友谊、伴侣、健康、人生规划、我们热爱的工作……这是我眼中所谓的幸福！

这比单纯拥有某样东西要深刻多了。生活中能够日复一日、时时刻刻都乐于自己从事的活动，我说，这就是幸福。

如果我们每天从事的活动成了谋生、赚钱的工具，那就不是这么一回事了！

　　我坚信，幸福应当是能在我生命中指引方向的美好感受，这种美好的感受，则由内心的罗盘所指引。我能够拥有这股抚慰人心的力量，那是因为我能坦然接受自己，再也不需用一大堆商品填补空虚的心灵。

　　因此，当生命有了方向，我们就该好好规划自己的生活。

　　"有了方向"意味着：

　　——转换到另一个跑道，或继续原来的方向。

　　——有个指引方向的人出现，告诉你该往哪里走。

　　——接着，最重要的是，拥有一个家，一个你能和相爱的人共度的所在。

　　"哪一条是你人生的方向"这个问题，可以用以下三种方式来解释：

　　——你要去哪里？

　　——谁指引你去那里？谁是你人生的导师？

　　——你的家、你心爱的人、你的人生又在哪里？

　　至于人生的意义，也是一项重要的议题。将你的生命赋予意义，能够让你清楚地感受到周遭发生的一切，并能领悟事情背后的真相。而"你人生的意义是什么"可以这样解释：

　　你给自己的人生下什么样的定义？

　　你是否真的很清楚自己这一生要怎样过？

　　所有的问题，包括关于人生的方向和意义，都可归纳成下面这个问题：你为什么而活？

　　这个问题，只有你自己能够提供诚恳而坚定的答案。除了你之外，没人能代你回答。

　　唯有当你能轻易找出人生的目标，知道自己下一步该怎么走时，你才能回答上面那个问题。

　　因为，这时你已经知道自己人生的意义，迟早也会找到生命的目标，不管是什么，但总会找到一个的。

　　每个人都能选择自己要走的路，当然也可以选择自己人生的出口。而每到一个出口或终点站，都是要付出代价的；你要付出自己那部分，同时也要帮别人付出。因此，务必非常谨慎地选择这个出口或终点站。

还有，你知不知道"出口（Salida）"和"成功（Exito）"有相当程度的关联吗？因为"Exito"这个词是从拉丁文的"Exitus"来的，而"Exitus"就是"出口"的意思！

找到人生的方向和意义，将是迈向成功的基础。但这可不是件容易的事。你会需要很长的时间，需要自我认知，需要倾听自己内心的声音，需要关照自我。你要很知足，要很有耐心，并且一定要坚持！因为，找出人生确切的方向和意义，绝非一蹴而就的，这不像开灯，打开马上就会亮，更不是有人在你耳边低语他有多爱你就能找到……不可能的！

你唯有在心灵最深处，在本性和灵魂里，听到了自己微弱的心声，才能找到自己真正想要的人生。

一定要找出人生的方向和意义才能找到幸福，那么，你不觉得我们应该要开始这趟寻找之旅吗？

你不觉得我们应该要有所行动吗？

或许，我们已经有所改变了呢？

祝你幸福！

亚历士

————— 附言 FU YAN —————

亲爱的老板，拜托你看看约翰·列侬的这句话，这是我真心送给你的忠告："当你在汲汲营营时，生命就这么擦身而过了。"

第十六封信

你就是自己生命的老板

当一个人能在自己面前卸下面具，也能毫无偏见地与人相处时，那就表示他已有所成长了。

——赫黑·布卡依，西班牙著名作家

亲爱的读者朋友们：

现在到了卸下面具、解除武装的时候了。真实地展现原来的自己，把所有的自我欺骗、压力和沮丧都抛诸脑后吧！

现在到了承认我一直在信中所称呼的老板，其实就是我自己的时候了。换言之，写信的人是我，收信的人也是我。我从一开始就在写信给自己，试图借此为自己解惑。

总之，现在到了接受事实的时候：我就是自己生命中的老板，我的人生方向要由我自己主导。

同样的道理，你就是你自己生命中的老板！

而且，你已经开启了独一无二的新局面。

因为你已经办到了。

办到了什么？你一定会这样问自己。

你办到了，其实你已经开始行动了。

不知道你有没有发觉。

不知道多久前你就已经在行动了。

毋庸置疑的是，你已经在路上了。

在你自己的人生路上了。

虽然你或许不觉得。

但确实如此。

你知道为什么吗？

因为此刻你正在这里，读着这些文字。

因为这本书已经到了你手中。

而且已经读到了这里。

找寻着答案。

找寻着幸福人生。

找寻你的幸福。

找寻你的成功。

找寻你的方向和感受。

找寻你自己。

因为找到自己，就是所有幸福的源头！

欢迎！欢迎！

真的很高兴能认识你！

我们能在这一页相遇，实在太美妙了！

谁会想到，我们居然会在这里相遇！

在一张纸上！

让我真心地告诉你：谢谢你的光临！

谢谢你与我相伴。

因为我也在探寻人生。

一路探寻人生的我，已经来到这里的我，内心有一股强烈的欲望，很想和你分享这段寻寻觅觅的过程，也就是你此时此刻正在读的。

你、我以及其他许多人，我们一起分享探索人生的经验，一起探索人生。我要恭喜你。

你比许多其他已经在途中迷失的人走得远……这些人，连自己身在何处都茫茫然！恭喜你！

现在真的可以乐在生活了，就像进行一场冒险之旅。

一场探寻人生的冒险之旅。

过去的时间并没有白白浪费，你在这段时间内寻找自己，也让心灵更有智慧去享受幸福人生。

许多人尚无行动的打算，他们会继续委屈度日。因为他们自认无能为力。因为他们把自己的能量给了别人。或许，他们也喜欢这样吧。

请仔细听好：根本就没有什么老板。

只有你能当自己的老板。

你这一生的老板——唯一能够真正为你的人生负责的人，就是

创造机会的密码

你就是自己生命的老板，你的人生方向由你自己主导。

你自己。

你无须怀疑。

你可以接受这个事实，也可以拒绝承认。

你可以喜欢自己，也可以讨厌自己。

反正事情就是这样了。

这是宇宙的通则。这是不变的规则。

我们把这项规则命名为责任法则。

你可以忽略它，接受它或拒绝它。

然而，你如果忽视它或拒绝它，你如果拒绝为自己的人生负责，还把它交给别人，那就像老是被挂掉的科目一样，你得一而再、再而三地重考，直到及格为止。

"责任"这门科目不但要求你探究人生，它也会要你问自己：是谁在主导你的人生？何处是你人生的方向？

这些问题是不可言喻的，它们只会在你的感觉中透露信息——悲伤、痛苦、困惑。这时，你的身体正在告诉你，你走错了方向，因为你感受不到幸福，你感受到的只有压力、疾病和苦恼……直到你决定要"回家"了，重返你真正的人生方向，倾听自己内心的声音，找到自己，也确定未来该往哪里去。

在这逐渐清醒的过程中，有一天，你会欣喜若狂地找到自己，开始走在自己的路上，迈向自己的方向。你跨出的每一步，都由你自己决定。就是你，不是别人。

这一天，你会平静而幸福地告诉自己：

我的人生由我主导。我的方向由我决定。

找到人生的方向之后，我决定写自己的剧本。

照我的方法。

用我的方式。

定义我的幸福。

定义我的成功。

同时也要尊重别人为自己选择的人生。

就这样，我们继续探索，继续更上一层楼，因为，人生的路很长，眼前还有一大段要走呢！

祝福你！

亚历士

———————— 附言 FU YAN ————————

从现在起，我的信将直接寄给你了。

其实，从一开始就是寄给你的，说得更明确一点儿，也就是藏在你内心的老板。

希望你能找到自己的方向，以及你内心的罗盘。

普鲁斯特曾说："智慧不是与生俱来的，我们必须在自我探索的旅程中，从自己身上找到它。"

我邀请你继续往下读。

因为，我还想和你分享更多想法！

编写自己的人生剧本

> 未来是无法掌握的未知数，当下却又稍纵即逝。
>
> ——伊凡·克里玛，捷克著名作家

读者朋友们：

你的未来取决于很多事情，但最重要的因素还是你。

它取决于你的改变，以及你周遭的环境。

它取决于你化被动为主动的能力和意志力。

不过，最重要的，它取决于你如何找到自己的人生方向，并勇于改变和放弃。

因为，若要获得真正的自由，我们必须舍弃原来的旧习性，如此才能找到自己的潜力。

但是，如何才能早早就看出自己的潜力何在？

为了回答这个问题，我们必须聊聊电影、角色，特别是剧本。

我相信你一定看过电影，而且你一定会挑好电影看，在结束的那一刻，你会愣几秒钟才能回神。如果电影剧情很感人，这时候的你甚至还泪水盈眶呢。如果剧情让你很愤怒，你的下巴这时候还紧绷着。如果那是一部歌颂英雄事迹的战争片，你会觉得你也能够征服世界。

你可能没有意识到，其实你已经不由自主地融入了角色之中。你已经把自己当成了电影中的角色，连带也接收了电影中的喜怒哀乐，历险与灾难。

艾瑞克·伯恩医师会长期观察其心理治疗门诊的病患。他发现，这些人多半都照着他所谓的"人生剧本"过日子，"剧情"都是由别人编好的，但他们觉得自己"被迫"演出，而演的可能也是别人的角色。

注意，他们说的是"被迫"！

当一个人是照着剧本演出时，那就意味着他是照着另一个人笔下塑造的角色演出。结果是，他如果想继续演出这个角色，就不能放弃这个剧本，因为，若要他放弃演出这个已经安排好的角色，他会受不了的。

一个人的人生剧本究竟是怎么编出来的？

一个孩子在童年时期建立了大纲。父母和其他人：爷爷奶奶、老师、兄弟姐妹等，都会对他产生不同程度的影响。在这个孩子成长的过程中，这个剧本的内容，也会因各式各样的经历和事件而丰富。

幸运的是，人生剧本和电影剧本一样，即使定稿了，依然能修改。最重要的是，修改剧本时，新的编剧必须是你本人！

你可以照自己的意思重写剧本，把你的愿望和理想都写进去！而且要用铅笔写，在一旁放块儿橡皮，想做修改时，擦掉重写就行了。

但这可不是件容易的事，你必须有相当的自觉，时时观察自己，并熟知牵动故事发展的细线有哪些。

假如孩子在童年时期接受的是非常温柔的呵护，他的自尊会因此健全发展，无论对自己还是他人的价值都会很珍惜。换言之，如果你追溯自己的童年时期，好好回想人生剧本成形之初的情形，仔细探究后来发展的剧情，你便会知道：

——你所谓的愿望，到底是你自己的，还是父母的？

——你过的生活，是自己的选择，还是别人的安排？

——你做的是自己喜欢的工作，还是"将就着做"？

——你和伴侣之间的关系、你的信仰、政治立场、财富等，真的是属于你自己的，还是父母给的？

最重要的是，你必须弄清楚，自己究竟是否真的喜欢这一切？

现在，我邀请你和我一起分析我在第十二封信中提到的"驱策者"。

在这封信里，我谈到一个孩子因为不断接受"NO"的信息而影响了他的人生。这些因素发展到后来，就可能变成心理学家所谓的"命令"。

根据伯恩的说法，孩子日复一日接收的"命令"信息（多半是祈使形态的字眼），主要来自父母，或其他与其有强烈情感联系的人。

伯恩和其他人生剧本的专家们，特别针对一系列基本"命令"下了不同定义：

一、"不许你这个样子""你不能这样过日子""没有你说话的余地"：这显然是所有命令中最具杀伤力的，因为它等于阻断了一个人所有可能的发展。发出这种命令的状况可能有以下这些：长时间把孩子丢着不管；孩子难过或处在危险中，却遭受嘲笑；老是用失望的眼神看着他，却从不去抚摸他或安慰他……总之，他们就是忽视他，不认同他，根本不把他的存在放在眼里。这种命令不断重复，会让孩子觉得人生本来就是受苦受难的，他将来只有拼命"赚钱为生"才行。

二、"你不是原来的你""你不是你自己"：他们在父母眼中，必须具有另一种性别、不同的长相、更高的身材……这些孩子时时刻刻都在努力变成他人期望的样子，却完全违背自己的本性。

三、"你办不到的"：这句话其实展现了父母本身对于成功、实现愿望等的巨大恐惧。

四、"你不知道啦"（另一个延伸的句子是"你不知道怎么做这件事"）：这种情况下，父母其实习惯性地嫌孩子不如人，不但拿他们和其他孩子比，也和大人或父母自己比。

五、"你别靠太近"：会说这种话的父母，通常无法和孩子维持正常的肢体接触，也没有能力安抚孩子。这种命令会让孩子觉得很孤立，缺乏归属感，将来在建立友谊和亲密关系上，往往会有极大的障碍。

六、"这不属于你"：很不幸地，这种情形常发生在那些拒绝与人交往的人身上。遭人拒绝或不被人接受所产生的恐慌和痛苦，通常会借由这种方式做最强烈的反击。

七、"你还没长大呢"：这是父母过度保护孩子的典型表现，孩子由此养成的依赖性甚至会延续到成年以后。他们呈现出来的标准形象类似彼得·潘，成人的外表之下，却装着一颗幼稚的心。他们在心理上会拒绝长大：坚持享乐主义，行为极度幼稚，缺乏责任感，无法过自主的生活，甚至无法做决定或承诺。

八、"你已经不是小孩子了"：和上一种状况完全相反，但两者毫不相干。在这种情况下，孩子不得不放弃童年应有的需求，突然间扮演大人的角色，而且要照顾别人的生活和感受：幼小的弟妹、生病的父母或家人。因为这句话，孩子可能会活得不像个小孩子。

九、"不行""不能这样做"：会说这种话的人，通常是不敢行动的人。他们总是踌躇不前、摇摆不定，总觉得做什么都很冒险。这句命令的背后，隐藏着对于未来的恐惧。

十、"你的需求不重要""你不重要"：遗憾的是，这句命令已经越来越普遍了，尤其是那些无暇关爱孩子的父母，这句话他们经常会脱口而出。对于父母常常不在身边的孩子而言，他们会把父母说的"我们不能陪你"，径自解读为"我不重要"。这么一来，他当然也不会在乎自己了。

十一、"你不值得"：当作父母的不把孩子当孩子，而要求孩子变成"上帝的化身"时，往往会说这样的话。这句命令的背后，其实是缺乏自信的父母对孩子苛求完美的表现。他们期望中的孩子，不是天才就是超人。

十二、"不要想那么多"：孩子问些天真的问题，得到的回应通常不是嘲弄，就是直接被堵上嘴。经常接受这句命令的孩子，免不了也会这样看他的父母。他会觉得父母也是不用大脑思考的人。同时，他会认为，拥有自己的想法，或在很多议题上和父母意见相左，是件很危险的事。

十三、"不要这么多愁善感"：在这种情况下，孩子会变得不敢表达情感，因为父母不允许。

十四、"不准超越我"：或因对立，或因嫉妒，有些父母会不准孩子超越他们的成就。很多时候，一些父母不知道如何消化第一次输给孩子的失败经验，或是察觉孩子的知识已经超越了他们……这时，做父母的会恼羞成怒地放弃比赛，拒绝承认失败，甚至从此不再参与竞赛。

十五、"不准玩了"：欢乐是被禁止的，因为享乐就是罪恶，因为玩乐被解读成了不幸的前奏。

谈到这里，我们不禁要问：这些命令会一直存在吗？难道不能移除吗？它们会妨碍我们健全的心理发展，以及对生活的敏锐和直觉吗？难道人生剧本就这样被写死了吗？

值得庆幸的是，以上这几个问题的答案都是"不"！

我们逆向思考，每一句命令都可以反过来看，把"不准"都变成"可以"：

一、"你可以这样""你可以这样过日子""你有生存的价值"。

二、"你可以是原来的你""你可以是你自己"。

三、"你可以办到的"。

四、"你可以知道的"。

五、"你可以靠近"。

六、"这是属于你的"。

七、"你已经长大了"。

八、"你可以是个孩子"。

九、"可以"。

十、"你的需求很重要"。

十一、"你很值得"。

十二、"你可以多想想"。

十三、"你可以感情丰富。"

十四、"你可以超越我"。

十五、"你可以玩乐"。

获得各种允许，对于改变人生、个人发展以及修改人生剧本，都是非常基本的要素。一旦我们决定接受这些正面的肯定时，我们在待人接物和行为举止方面就会焕然一新。

如果一个人打从呱呱坠地开始，获得的第一个允许便是"好好生活"（比"赚钱为生"重要多了），接下来也慢慢接受其他的允许，渐渐地，他便能为自己的生命负责，便会逐渐兴起改变人生的念头。

一旦我们有勇气认同自己也能掌舵时，就可以驾船航向自己想去的港湾。换言之，凡事我们就可以自己做出选择。

实际上，我们要有勇气这样想：我们用来建构自己生命的各种思想、信念和价值，有时可能会变成我们前进路上的绊脚石。这些东西也会是妨碍我们走向幸福人生的最大阻力，让独一无二的你误以为自己和别人没什么两样。

毫无疑问，你当然是独一无二的。如果你把定义人生的权利交给别人的话，那就实在太遗憾了。

只要你愿意，你完全可以为自己的人生剧本拟稿。

（动手去找白纸、铅笔和橡皮吧！）

你的人生剧本，完全可以充满各种可能性。

只要你愿意，你一定可以发光发亮。

"你的光芒将会永远如此炫目，因为你有这个条件……"有一
首歌是这么唱的。

但愿梦想都能成真！

亚历士

———— 附言 FU YAN ————

安东尼·德·梅勒写过一则故事，非常适合为这封信做结语：

有个男人在路上看到一颗老鹰蛋，就把蛋带回了家，放在后院
的鸡窝里。雌鹰孵出来，一直混在鸡群中成长。

这只老鹰一辈子都和鸡群一起过，它自认是一只鸡，所以也像
鸡一样耙土找虫吃，没事儿也爱扯着嗓子叫。它甚至也像鸡那样，
拍着翅膀，然后飞几米。鸡不都是这样飞的吗？

许多年过去了，老鹰也老了。有一天，它在自己头顶上的蓝天
中，看到一只漂亮的大鸟优雅地翱翔着，金黄色的翅膀久久才拍动
一下。

老鹰惊讶地看着天空，"这是什么鸟啊？"它问身边的老
母鸡。

　　"那是老鹰，我们称之为'鸟类之王'呢，"老母鸡答道，"可你别去想它啦，你跟我没什么两样的。"

　　老鹰真的不去想这件事了，一直到死去那一刻，它依然觉得自己是鸡。

　　我们也很有可能变成那只临死还自认是鸡的老鹰，因为没几个人敢于展翅飞翔。

　　正如我的阿根廷好友阿尔弗雷多·卡普托所说：大家总是害怕摔落、撞击，然而，高处才是真正安全的地方，如果你有一双好翅膀，而且渴望更上一层楼。

　　或许恐慌偶尔会出现，但你不必担心：只要你走在自己的路上，达成目标的喜悦终能超越恐慌。

　　所以，尽管展翅飞翔吧！

第十八封信

倾注热情，享受生命

> 你的工作就是发掘工作的乐趣，然后全心投入。
>
> ——泰戈尔，印度著名诗人

亲爱的朋友们：

丹麦哲学家克尔凯郭尔曾说过："人们感到沮丧，通常是因为无法做自己，而一个人最深沉的失落，则是选择成为和自己完全不同的人。"

当我们能够坦然接受自己，也决定表现原有的真实面貌时，生命才能步上坦途。千万不要迟疑：埋藏在我们心里的这个念头，一定能让我们安于贫穷的。

因为这部分的你，早已等候多时，它无怨无悔，就是希望能成为你生命中的领航员，你所有的自觉与良知，将会知足地航向同一个目标。

而且，这也是世上最具爆发力的能量。因为这股强大的能量，创意和能力终将具体呈现。

那是如假包换的魔力！

绝对不要再做让自己不快乐的事。

其实找出自己讨厌的事情，比发现自己喜欢的事情要简单多了。或许，你可以从这部分下手。一旦弄清楚了自己喜欢或讨厌的事，你可以无所畏惧、毫无隐瞒地昭告天下：你人生的目标就是好好生活，倾注你所有的热情，尽情地享受生命。这才是最真诚、最勇敢的表现。

当你把热情和你特有的天分相结合时，你不但能发挥长处，而且做起事来会格外得心应手。据我观察，那些满怀热情、乐在工作的人更能表现内在的潜能，也就是他的天分。对这些人而言，工作成了将人类无穷无尽的内在能力具体呈现的过程。

《天地一沙鸥》的作者理查·巴赫曾经这样说过："越是我喜欢做的事，我越不会称它为工作。"

工作就该像这样被赋予生命才是。它是"我喜欢"做的事，而非我应该去做的事。如此一来，你将从中获取不可思议的满足感和喜悦，这和你所有的基本需求都获得了满足是一样的。

当一个人的基本需求都获得满足时，随之而来的就是快乐。不仅如此，世间唯一实实在在的真正快乐，只有当一个人的真实需求获得满足时才会产生。这无疑是让一个人发展长处，同时又能获得成长的最佳方式。

由此看来，工作应该是一种充满创意的自然表现。不要再把赚钱当成工作的目的。你应该让工作成为表现个人优点的媒介，在工作中勇于创新。

另一种极端的类型是把工作当成责任，这种人总是活在患得患失的恐惧中，老是嫌自己努力不够，就怕自己的竞争力不足。我们常常看到的情况是，职业和热情成了各行其道的平行线。

当一个人无法在内心深处进行发现时，恐怕很难找到他能向人展现的优点。

你若不经常去倾听自己内心的热情，机会可能就会从你面前溜走，而你却浑然不知。或者你可能看到机会来了，你却抓不住。因为你依旧是被恐慌所宰制的奴隶，继续领着恐慌发给你的薪水，以致白白失去了天天热情过生活的大好机会。

在人生交响乐中，每个人都是独一无二的音符。一个人只有对生活满怀热情，自己的音符才会发出美妙的乐音。这时，你的生命将由自己主导，不会再被牵着鼻子走。

若再论及更深刻的层面，工作应当是一个人真正的志向和热情的表现，同时也表现他的天分、他的态度，以及他独特的个性。这一切，全都包含在由个人自己创作的人生剧本里。

倾全力去发掘自己的目标，然后拟订计划完成，这绝对值得你全身心投入。

生命可以给你的东西太多了。现在就接受它热情的召唤吧！

亚历士

—— 附言 ——
PU YAN

南非前总统曼德拉曾说："如果你的人生可以更上一层楼，你却甘于屈就，那么，你永远不可能找到热情。"拜托，不要在人生这场比赛中临阵逃脱。而且，不要就这样接受了计分板上的分数。在这场比赛中，你会有支持者，但也有反对者。

如果你输了这场比赛，等于连输了好多场；如果赢了，也算是连赢好多场……甚至是接下来的每一场！因为，这场比赛不只是你的输赢而已，它的结果也会影响其他人。

坚持到最后一秒钟

> 承认自己做不到的人，也不该妨碍他人继续
> 尝试。
>
> ——爱迪生，美国"发明大王"

亲爱的读者们：

我常想，一个人之所以能成为异于常人的天才，是因为他能展露一直被隐藏的才能。

就像地球绕着太阳转，如今已不再神秘。血液在我们体内循环流通的状况，也不再是隐语。

我们常常忘不了许多痛苦的回忆和经验，有时候甚至悲不可抑。然而，天才总是用另一种方式看待现实。他们的脑袋多半用来想象、创造，他们会分析可靠的资料，然后将它转换成大家都能理解的语言。这样的事情看似容易，其实他们至少得做到下面四件事：

——懂得思考：配合查阅具体的参考资料。

——资讯畅达：勤于发问、观察和倾听，有助于让自己的感受更敏锐。

——走出自己熟悉的世界去冒险（这需要勇气）。

——最重要的是，必须冒险尝试（这需要更大的勇气！伽利略、牛顿、爱因斯坦、达尔文、弗洛伊德和曼德拉等人无不勇敢尝试前人未知的领域，我们这才有了对世界和宇宙全新的观点）。

还有一项必要条件，last but not least（最后一项，但并非不重要）：不能光说不练，必须持之以恒。

在居里夫人、爱迪生、爱因斯坦、弗洛伊德等伟人的传记中，你会发现他们有两个共同点：所有被称为天才的人，都始终坚持自己的理念，并一直努力不懈到最后。

当我们想到这些人时，脑海中首先想到的是他们成功的辉煌事迹，但我们更应该思考的是他们成功之前的阶段，那段屡试屡败的过程！这是他们为后来做准备，锻炼自己的韧性和信念的时候。

创造机会的密码
坚持下去，别把事情拖延到明天。

贾科莫·利欧帕迪曾说过这么一句至理名言："耐心是美德中的美德，缺了它，成就不了任何大事。"

爱迪生发明电灯的过程尽人皆知，最著名的便是他成功前曾失败过一千多次的故事（请慢慢再想一下，一次、两次、三次……一千次）。曾经有人问他："失败了这么多次，你怎么有办法坚持下去？"他的回答坚定而有力："很抱歉，我必须更正您的说法，我从来没有失败过，我现在已经知道有一千多种材料做不成灯泡的灯丝。"

很少人是与生俱来的天才，天才背后的创意，常常是坚持、耐心和专业的成果。对此，毕加索说得很明白："我不知道灵感和创意何时会涌现……我唯一能做的，就是专注于工作，全力以赴。"

为了把握这种"成为天才的机会"，当我们决定要运用自己的才能和热情时，就必须坚持到底。万丈高楼不会无端竖起，哪个宏伟的大教堂般的建筑，不是用一块块石头慢慢堆砌，且耗时多年才完工的？

为了把机会建筑得更加坚固，必须用恒心当水泥。

但请别误会我的意思：我并不是说大家非变成天才不可，但我们可以把这些天才当榜样，学习他们成功的宝贵经验和智慧。如果连天才都得坚忍不拔才能成功，更何况我们这些凡夫俗子呢？

你可以把时间都花在自暴自弃和抱怨上，但是，你也可以把宝贵光阴用来实现梦想。当然，实现梦想不但需要时间，还需要全身心的投入、努力以及过人的意志力。

切记：妨碍我们达成目标的人，总是我们自己。当我们替自己的失败找借口时，最好的方法就是归咎于别人。

祝一切顺心。

亚历士

———————— 附言 FU YAN ————————

富兰克林说："你热爱生命吗？如果是的话，那就别浪费时间，因为时间就是生命。"

以下是某个人的故事：

我的目标是连续走1000米。事实上，对我来说是难了点儿，但无论我从哪里出发，我会看情况调整速度的。

结果是，当我走到一半，也就是已经超过500米时，我渐渐提不起劲儿了。我觉得很累，而且看不到终点在哪里。于是，我决定走回出发点，一步步慢慢走，又走了500米折返原地。

回到原地时，我觉得又累又难过，因为我花了那么大的力气，却回到原地，白忙了一场。

我停下来想了又想。然后，我终于发觉，自己是个笨蛋！因为，我已经走了1000米，我却回到原地了。如果是继续往下走，我早已完成目标了。

因此，坚持下去，别把事情拖延到明天。

因为明天将是另一个今天，它也会有明天。如此拖过一天又一天，没有一天是今天。最好是今天就踏出第一步，此时此刻，马上行动吧！

第二十封信

忘掉"运气"这回事

实际上,90%成功的例子,纯粹只是因为坚持。

——伍迪·艾伦,美国电影导演

亲爱的朋友们:

有时候，负面事件恰好碰到你，或事情刚好和你的期望背道而驰，这些经验固然是运气不佳的表现，但说不定实际上对你却是有益的。

关于这一点，我很想说说一则我钟爱的小故事，那是我在瓦耶斯的著作《轻便的行李》中读到的，故事是一则中国寓言，讲的是一个老农以及他那匹帮忙耕田的老马：

有一天，老马在山上脱缰跑掉了。不幸的消息传开了，老农的左邻右舍闻讯后，都来安慰他，但老农却告诉他们："这是厄运还是幸运？谁能说得准呀！"

几个礼拜之后，老马从山上回来了，还带了一群野马！这时，邻居们都替老农高兴，纷纷前来道贺，说他运气真好。老农听了却说："这是厄运还是幸运？谁能说得准呀！"

后来，当老农的儿子企图驯服其中一匹野马时，从马上摔了下来，腿断了。所有人都认为这是不幸，老农却不这么想，他还是那句话："这是厄运还是幸运？谁能说得准呀！"

又过了几个礼拜，军队到镇上来征兵，所有身强体壮的年轻人都被抓去当兵了。老农的儿子因为断了腿，逃过了这一劫。这到底是厄运，还是幸运？谁能说得准呢！

乍看之下是厄运，卸下面具之后说不定正是你的幸运呢！而初看很美好的事情，事实上却可能对你很不利！假如我们也采取和老农相同的态度，轻松面对一切，我们的生活就会幸福很多。

不要老是把运气放在心上（运气好、运气不好……这些根本就不存在），忘却这些不可知的因素，尽管去做自己想做的事吧，你的生命由你自己掌握才靠谱！

唯有如此，我们的自信才会增强，然后才会如威尔第所言：

"大展内心的乐章！"

勇往直前吧！让我们聆听你内心美妙的乐章，让我们欣赏你的杰作，也让我们看看你筑梦的计划吧！

如果途中发生了不好的事，你应当逆向思考：这是厄运还是幸运？谁能说得准呢！

运气这东西，从正面思考，倒是值得采信的，尤其是和展望未来相结合。

世上最优秀的田径选手，全是伟大的梦想家。进入田径场之前，他们可能已经先靠着想象力观看、体验那种快速奔跑的感觉很多次了。相信运气与自己同在，便能激发强大的潜能。

所谓展望，即利用想象力，清楚地勾勒出你对工作、人生计划或目标的期望。不妨试着先想象一下：你的计划都实现了，你正在享受着成功的甜美果实，还有你梦寐以求的生活环境和生存状态，让你如此自在，如此幸福！将这些美好的景象牢记在心——你曾想象过的幸福、喜悦、平静、圆满等——能让你觉得自己已经生活在那个梦想中的世界了。

记得，你的潜意识是你最重要的盟友，而想象力则是它的语言。达成梦想和目标的讯息都在你的潜意识里，它会默默完成这些任务，总有一天会让你充满好运与喜悦的。

这样的正面思考，将会征服你心中所有的恐惧和疑惑，你也会因此而变得更有亲和力，吸引更多人来帮助你完成利己利人的梦想。

我衷心希望你能亲自去尝试，到时候你会看到那神奇的魔力，多么美妙！

请接受我热情的拥抱，并祝事事如意！

亚历士

附言 FU YAN

如果一定要我从看过的书和电影或听过的歌曲中，挑出我觉得最美丽的诗篇或字句的话，那么，我接下来要和你分享的这篇，正是我最偏爱的作品之一。

这篇文章的题目是《邀请》，收录在同名的一本书中。作者是加拿大籍的山岳梦想家欧丽亚，她对北美印第安文化和习俗有相当深入的了解。《邀请》类似一篇祈祷文，阅读之后，我意外重返自己内心深处那块净土，又找到了真实的自己。

请接受欧丽亚送给我们的这份美好的礼物吧：

我对你靠什么赚钱为生没兴趣，但我想知道你内心的渴望，你敢不敢想象自己美梦成真的那一刻？

我对你的年纪没兴趣，但我想知道，你是否曾体悟过自己的悲伤？生命中的各种背叛使你心胸更开阔，还是你因为害怕再受伤害而紧闭心扉？我想知道，你能和悲伤共处，还是一味地只是逃避或忽视它？

我想知道，你是否能完全体会自己和他人的喜悦？你是否能尽情狂欢，心醉神迷地手舞足蹈，完全无视旁人的眼光，不再有任何矜持？

我不在乎你是否对我说了真话，我只想知道，你是否为了诚实对待自己而欺骗他人，你是否能忍受别人的背叛，而不去背叛自己的灵魂？

我想知道，你能否看见万物之美，即使它们的样子并不讨喜？

我想知道，你能否和挫败共处，站在湖滨对着银色的满月大喊："是的，我可以！"

你住在哪里，拥有多少财产，这些我都没兴趣。我只想知道，在经历整夜的悲伤、失望和疲惫之后，你能否按时起床，为孩子们准备早餐？

我对你认识的人或你如何来到此地没兴趣。我只想知道，你是否会和我一起待在火把前而不再逃避？

你在何时何地和谁一起读过书，我对这些没兴趣。当其他人都垮下来时，能支撑你的力量是什么？

我想知道，你能否自己独处，即使在空虚的时刻，你也能自得其乐。

第二十一封信

成功，自己定义

> 别再挣扎啦，去做就是了！光是跃跃欲试是没用的！
>
> ——摘自《星球大战》，乔治·卢卡斯执导

亲爱的朋友们：

许多时候，我们的生命之所以变得复杂，常常是由"群体影响"造成的：无法独立思考，对外在各种物品的依赖性远超过对自己的信赖，总是汲汲于所谓的社会名望——你称之为缥缈的海市蜃楼也行。

"群体影响"将我们带入寻求社会名望的迷思中，往往会将所谓的成功形象烙印在我们脑海中：整天打高尔夫球，开着名贵跑车到处晃，身边围绕的尽是名流……

然而，真正有智慧的成功，却在于循序渐进地发现自己生命的目标，在这个过程中享受踏实的每一刻。

对某些人而言，所谓充满智慧的成功，可能是简单过日子，但对另一群人来说，成功代表着跻身名流之列，纯属个人不同的想法。

无论如何，最重要的是你必须活出自己，让自己的心灵更平静，而且，你的贡献应该要让社会更美好。

当然，我们于职场上的表现也是非常重要的，毕竟工作占去了我们一生的大半光阴。我们醒着的时间里，几乎有一半用在工作上（更多人甚至超过一半呢）。

因此，请用自己的方式和标准定义成功。

不要由别人来告诉你如何才算成功！

因为别人只会告诉你成功应该这样或那样，但他们从来不告诉你如何迈向成功，或你应该用什么样的态度去努力。

他们或许会让你进入那个大迷宫，但你对所有路径都不熟悉，到头来你将会付出相当大的代价，终究无法获得任何报偿！

你的成功，意味着你此生圆满的目标。找到自己，认同自己，认清自己，这将会使你成为独一无二的人！

　　而生命给你的奖励，也是远超过你现在能够想象的地步。

　　不要再做那个背负他人期望的你了！

　　你可知道，世上只有一样东西比汽油更容易挥发、燃烧，那就是名利。它可以霎时消失无踪，因为它不过是幸福的一项替代品罢了。

　　书店里充斥着一大堆写给憎恨工作或职业倦怠者看的书，这些人找不到自己生命的重心，甚至可能终其一生都活在别人的意见里。

　　如果你在临死前说的是这些话，人生大概没有比这个更可悲的了："我应该要活得很幸福才对呀！我当时的想法多么美妙，真想回头去实现那个愿望，那样我一定会很快乐……"早知如此，何必当初呢？

　　生命的帘幕都要放下来了，你才说希望自己有完全不同的人生！

大家不妨用实际一点儿的方式来测试自己：如果想知道自己的喜好和职业是否相符合，你可以问自己，如果中了乐透或继承了一大笔遗产，千万欧元从天而降，这时，你会不会继续工作？

如果你的答案是肯定的，可见你做的是自己喜欢的工作，或者也因为你并非重视金钱的人。换个方式来说，那是因为金钱永远付不起你的热情！

我衷心期望大家都能成功！

亚历士

附言 FU YAN

伊丽莎白·库柏勒·罗丝在其著作《生命之轮》中写道："做你真正喜欢的事情，这是很重要的，因为唯有如此，当死神靠近时，你才能从容感激生命给你的一切。"

或许，这就是对成功最好的定义了。

向日本竹子学习

我们活在一个事事求快的时代，偏偏幸福的
程度却和速度成反比。

——雷蒙·潘尼卡，西班牙哲学家

读者朋友们：

要怎样收获，便要怎样栽种。想要有收成，就必须给予时间，让作物成长、成熟。绝无捷径。

要有耐心，持之以恒，我们已经多次谈到类似的议题了。现在，我再和你们分享一个很有智慧的小故事，这是我的好友阿尔弗雷多·卡普托寄给我看的。

这个故事彰显了呵护愿望的重要性。毫无疑问，我们心中的愿望也需要灌溉、施肥才会成长，直到开满灿烂的花朵。我希望你会和我第一次读它时一样觉得有意思。这个小故事的题目是"日本竹子"。故事是这样的：

即使不是种田的农夫也知道，所有好收成的必要条件是优良的种子、适当施肥及持续灌溉。

此外，很重要的是，从事农作的人一旦撒下种子，就应该耐心等它萌芽，绝不能很不耐烦地对着土地里的种子大吼："赶快长出来呀，混账东西！"

栽种日本竹子更是奇特，耐心不足的人是绝对种不成的。撒了种子之后，不但需要经常施肥，还要勤于灌溉。播种后，几个月都不见动静。不仅如此，入了土的种子似乎整整7年都不萌芽。碰到这种情形，经验不足的农夫大概会以为自己播了坏种子。然而，就在第7年，仅仅6个星期内，竹子不但会长出来，而且短时间内会长到30米高！"

难道竹子的成长只需6个星期吗？当然不是！

事实上，它需要7年的成长时间，只是集中在最后6个星期长高罢了。前面7年的成长显然是无形的，在这段时间内，竹子忙着向下扎根，以便伸展根网，足以支撑又高又壮的主干！

　　在我们的日常生活中，许多人一旦遇到难题，就企图找到快速的解决方式，功成名就也是越快越好，大家却忽略了：成功是自我成长的果实，想要收获这个甜美的果实，需要时间和耐心。

　　或许正因这种急功近利的心态，许多耐心不足的人，常常在即将完成目标时却放弃了。想要获得成功，坚持是最好的方法。持续拼搏到最后，你将会享受甜美的果实。耐心不足的人，很难做到这一点。

　　另外，我们还必须了解，我们很容易处在自以为、一事无成的状况，心里既焦虑又沮丧。碰到这样的状况，不妨想想日本竹子的生长过程。我们不能因为结果不如预期就双手一摊，放弃一切，关键在于我们自己：我们要不断成长，渐渐成熟！

　　我们不能就这样轻易被征服。我们内在沉潜的力量正默默成长着，一旦时机成熟，成功的梦想终会实现。

　　胜利是个长时间投入的过程。在这个过程中，我们必须在经验中学习，而且要懂得取舍。

　　在这个过程中，我们必须脱胎换骨，务必全身心投入。当然，还要有足够的耐心等候收成。

　　请接受我热情的拥抱吧！

亚历士

―――――――― 附言 FU YAN ――――――――

　　我个人相当敬重的好友贺黑·艾斯克里巴诺说过："真正的胜利者是把成功当情人，和失败交朋友。"

　　各种失败的经验，必定有助于打下更稳固的根基。

清除周遭的碎石子

幸福的秘诀是——生活简单，心灵丰富，但多半人心灵太贫乏而生活太复杂。

——费尔南多·萨巴特，西班牙哲学家

亲爱的朋友们：

当你打算过自己梦寐以求的生活时，设定一些有助于开始新生活的任务和目标是很重要的。这样，由你自己决定的新生活，你才会是真正的主人。

首先，为了迈向真实的人生，你必须自由自在才行。

为了做个自由自在的人，身上的行李越轻便越适合走远路。

如果你希望进入并安居在你选择的新生活里，从此开始欣赏生命中的风景，你最好放慢速度，踩着点儿刹车，甚至连油门也别踩。这样能帮你更有效地重新分配资源，更有助于达成人生目标。

除了减速，能清空自己更好：清除一切不必要的杂物，因为那些都是负担；还要避免不必要的花费，尤其是打算进行大笔投资之前，最好三思而后行。

威廉·詹姆斯曾说过："成为聪明人，是能知人所不知的一门艺术。"为了让你的生命充盈你真正在乎的事物，首先你得清掉多余的东西，因为这些不必要的"长物"，甚至会使你难以改变原来的生活方式。

当然，有些东西会让人很不自在，这就像碎石子跑进鞋子里一样。举凡债务、贷款、抵押等，都属于这种让人不自在的事物。但无论如何，只有把鞋子里的碎石子清掉，走起路来才会舒服，生活也是这样：免除不必要的负担，日子才会轻松愉快！

轻车简袭，行路万里，若想一路平顺自在，就别让碎石子老是跑进鞋子里。而且，脚上穿的鞋子最好简单易脱，万一碎石子跑进去，随手脱掉鞋子抖一下就干净了。

看起来并不难，对吧？

既然这样，为什么还有那么多人总觉得自己无法改变生活，宁愿在别人的轨道上辛苦跋涉，脚上穿的也是别人的鞋子？

　　他们以为，在迈向生命中的香格里拉的途中，鞋子里总是塞满碎石子的。

　　难道你不觉得是各种财务上的负担，使得我们的鞋子塞满了碎石子吗？

　　我衷心希望你能深思这个问题。我也希望你能停下脚步，必要时清除你鞋子里，以及路上的碎石子。

　　这不是件容易的事，但绝对非做不可。

　　祝福你！

亚历士

附言 FU YAN

　　世界名著《小王子》的作者圣·埃克苏佩里曾说过："所谓的已臻完美，并非无须添加任何东西，而是已经不需要清除任何长物。"以下这则故事，就是最好的说明。

　　有个大公司的高级主管在美丽的沙滩上散步，脚上穿着百慕大凉鞋（名牌的），鼻梁上架着太阳眼镜（一看就知道也是名牌），身上穿着保罗衫（还是很贵的名牌），头上戴着鸭舌帽（不但是名牌，还是限量的）。除了这些，他身上还有手表（很贵的名牌）、运动鞋（当然也是名牌）、手机（手机是名牌，手机袋也是）。

　　当时正值下午两点，他看见一个渔夫愉快地收起沉甸甸的渔网，然后把他的小船拴在岸边。高级主管缓缓走近渔夫身旁："嗯，打扰一下。我看见您把船拴上了，捕捞的东西也都装好了。这时候就收工，会不会太早了一点儿？"

　　渔夫瞄了他一眼，笑眯眯地收着网，他对高级主管说："太早了？您为什么觉得太早呢？反正我今天的工作已经结束了，我的打捞量已经足够我今天的需求了！"

　　"您今天的工作就这样结束啦？才下午两点啊！这怎么可以？"高级主管不可置信地说道。

　　渔夫实在不懂，怎么会有人提出这样的问题。他答道："告诉您吧，我每天早上大概9点起床，和太太、孩子一起吃过早餐之后，我会送孩子们上学。大概10点，我驾船出海捕鱼，足足干4个小时，直到下午两点才回来。我这样辛苦干活4个小时，足够养活一家人了。我们的生活虽然不算宽裕，但还算幸福。收工之后，我悠闲地享受午餐，然后睡个午觉。起床后和太太一起去学校接孩子回家，偶尔也和朋友们散步、聊天。回家后，全家一起吃晚饭，然后大家高高兴兴地上床睡觉……"

听到这里，高级主管已经忍不住要打断渔夫，非要给他建议不可："我说句老实话，希望您别介意。就企业管理而言，您这么做真是大错特错。您所付出的成本显然是太高啦！"

渔夫一脸茫然地盯着高级主管，脸上似笑非笑。他实在不懂，眼前这个30多岁的男人到底想做什么？他说了那么一段话，许多词儿是他这辈子从没听过的！

高级主管继续说道："您这艘船，如果把工时延长的话，例如从早上8点到晚上10点，产能一定很可观，您的利润绝对远超过现在。至于您的企业竞争力，当然也会强过其他同业者。"

渔夫听了只是耸耸肩，他告诉高级主管："哦，那又怎样呢？"

　　"什么怎么样？喂，您的捕捞量至少会是现在的三倍啊！难不成您根本不懂边际效益和产量曲线图？总之，我只想告诉您，靠着这加倍的捕捞量带来的收入，很快，可能不到一年时间，您就会有足够的资本买另一艘更大的船，然后雇个船长……"

　　这时，渔夫插了一句："另一艘船？我要另一艘船干吗？而且还要雇个船长？"

　　"对啊！您不想想，两艘船如果同时出海捕鱼12个小时，不久，您就有钱再买两艘船，或许不到两年，您就能拥有四艘船了。到时，每天的捕捞量就会很惊人，您贩卖水产的收入更是不得了啊！"

　　渔夫还是忍不住问："然后呢？那又怎么样？"

　　"天哪！您难道瞎了不成？因为这样发展下去，大概20年内，您将会拥有大约80艘船，我再重复一次，80艘哦！而且每艘都比您现在这艘大10倍呢！"

　　渔夫听了哈哈大笑，还是同样的问题："我要这些做什么用呢？"

　　高级主管实在被问烦了，连手势都夸张了起来："我看您实在是一点儿商业头脑都没有！您难道没想过吗？有了这么多船之后，您就会有相当可观的收入，经济无虞，日子当然就安稳啦。这时，您就可以每天早上9点再起床，然后和太太、孩子从容地吃早餐，吃过早餐后，送孩子上学。10点左右出海钓鱼当休闲，大约4个小时之后，回家吃午饭，接着睡午觉……"

很棒的生活，对吧？

弗洛姆曾经提到，我们生活的环境，不但资源够丰富，而且各种需求也都获得了满足："人类什么都有，唯独少了自己。"

我不多说，由你自己去解读吧！

写封信给自己

只有你能决定如何使用上天给你的时间。

——摘自《魔戒》，J.R.R. 托尔金著

朋友们：

当一个作家、艺术家，甚至一个创业者开始一个新计划时，他们仅有的可能只是一张白纸和满脑子想法。他们必须把想法具体呈现在纸上，变成电影剧本、创业计划、一幅画、一本书或一首歌。所有的梦想，唯有在化成文字、数字、图表或活动影像之后才会实现。

在这封信中，我愿意邀请你一起参与一项非常简单的练习，并借此建立你自己的目标。要不要加入，完全由你决定。你如果现在不想尝试，那也没关系，知道了这么一个方法，以后随时都能实行。但我还是鼓励你试试看，因为从我自己和许多人的经验看来，这的确让人受益良多！

我建议你动笔写封信，对象是你自己的潜意识，你必须在信中

谈到的内容包括：

——你现在的感受如何。

——你很不喜欢的事情有什么，你有多想改变现状。

——你所期望的生活方式是什么，而你又多想实现它。

——你有哪些资源可以帮你实现愿望。

总之，我建议你写一封信给你内心那个生命的主人，找出你自己的方向：

——找到那个真正的你。

——找到你想要的生活环境、真诚的情感及生命体验。

——找到你内心真正的渴望。

听起来很奇怪，对不对？之所以奇怪，是因为我们失去了和自己内心对话的能力。因此，借助想象力来突破那层隔膜，是非常重要的一步。

我的提议是，你可以把自己当成写信给圣诞老人的小孩，写下你所有的愿望。只是这次的圣诞老人变成你自己罢了。因为，这次只有你自己能提供礼物。

为什么写信给自己这么重要？因为，写信是寻求认同的方式之一，展现自己最私密的情感之后，你会渴望获得回音。当你写下肺腑之言，你的情感同样也被书写在信中了。

很少人能写信给自己，因为他们不知道该如何感受、如何表达自己的情感和适度的野心，更少人能写下自己的目标、拟订人生计划、做自己命运的战略专家。

如你所知，所谓的战略专家是能够做到以下三件事的人：计划、领导、分配资源。而所谓的策略，不过就是行动计划罢了。因此，我在此建议，把你接下来要写的信都当成完成愿望的行动计划，内容一定要包含下列项目：

一、描述你亟思改变的动机。

二、逐条列出各项愿望。

三、达成愿望所需的资源。

四、实现计划所需的时间。

五、为实现计划许下的承诺。

现在让我们逐项探讨：

描述你亟思改变的动机

在这个项目中，你必须仔细表达并逐条列出：什么样的环境和动机，促使你兴起了改变人生的念头。

真诚地和自己交谈吧，尽量敞开心胸，做个对自己诚恳的人。写信的时候，就当收信人是你深爱的人，你对他（她）完全信任，你知道他（她）会耐心、用心、真心地阅读你的信。

列出你希望排除在你生命之外的事物也很重要。在人生的旅途中，哪些东西是你不想放在背包里的？哪些多余的东西，已经让你受不了？哪些东西只要一消失，你会雀跃万分？

逐条列出各项愿望

这个项目是写这封信的过程中最基本的部分：写下你内心深处

最期待的愿望，这些愿望也是鼓励你大胆改变的一股力量。将愿望显现出来，就等于展现了你部分的潜意识，而且可以确认的是，它将对你敞开大门，并成为你最主要的盟友。

请发自内心写下你真正的渴望吧。把你心中的想法都写下来，一直写，不断地写，直到你无话可说为止，不需要有任何顾虑和限制。谈到这里，我愿意推荐几个具体的办法：

——写下你所有正面的渴望，避免所有出现"不"的句子。做法很简单，你只要把"我不想做这件事"，替换成"我想做别的事"就行了。

——将愿望具体化，并详细说明。巨细靡遗地描述它，仿佛你已经执行了这些细节，大胆去想象愿望成真的那一刻，以及你美梦成真后的新生活。

——不要把愿望寄托在别人身上，人人都有属于自己的人生，都有自己的方向。这是一封写给你自己的信。你最后只能变成你自己，而不是变成别人。而且你一旦改变了人生观，你待人接物的方式也会跟着改变。一举多得，没什么比这个更好的了。

——还有，请记住：你的潜意识就像个小孩一样，你说话的态度如果是和颜悦色、充满感情且温柔体贴的话，它就会认真听你说，把你的人生当成一则有趣的故事来听。

达成愿望所需的资源

为了能够拟订出符合实际的策略，你的态度越客观越好，而不是把目光局限在你此时此刻的状况。为了让自己成为客观的人，最重要的是，绝对不能欺骗自己：不能自我膨胀，也不能自我矮化。你要客观地自我分析，因为没有人比你更了解自己，只有你最清楚自己拥有哪些内在外在资源足以实现梦想。而你曾经有过的所有生命经历，正是你可以运用的资源。

你会发现，其实你拥有下列这些特质：幻想、好奇心、恻隐之心、直觉、热情、经验、创意、胆量、敏锐、幽默感、温柔、坚强、天赋、智慧，以及其他数不尽的珍贵资源。

你有一大卡车的内在资源啊，千万别忽视了它们。它们的能量之大，远超过你能想象的程度！

同时也别忘了，你的外在资源也相当可观，你应该尽可能地寻求援助，同时也借此和别人有所交流。能在短时间内发挥巨大成效的资源，往往就是你对他人的信任。这个人可能是你的伴侣、朋友、家人、儿女，也可能是能协助你的专业人士。

你还有另一样神奇的资源：想象力。好好运用它，你会获得更多其他的资源，人力的和物力的。

把你所有的资源陈列出来，包括内在的和外在的。突然间，你会察觉，原来实现愿望比你想象中容易多了。

实现计划所需的时间

针对你信中所提的愿望，制订具体合理的时间表，找出一个可望达成目标的日期。有个确定的日期，能够促使你更努力地实现承诺。一旦确定了日期，时间就可以开始倒数。这么一来，你除了赶快行动，没有别的办法。

为实现计划许下承诺

这是五个项目中最重要的一点。你如果希望美梦成真的话，许下坚定的承诺是绝对必要的。一定要白纸黑字写清楚，而且要签上你的大名！

没有签名，你就不会认账，即使是自己写的东西，你也不承认，这么一来，计划再怎么详尽，终究只是空想而已。

在信上签名，意味着你对愿望许下了承诺，你不但要将它们写在纸上，还会将它们实现。

更重要的是，你的签名代表了你对实现愿望有信心。你相信这一切终将成真，你相信自己一定办得到。

你必须让自己的潜意识清楚地感受到你的信心，让它看到你确实有实现愿望的决心！

就用你的承诺为这封信做结尾吧，写法大致如下："我在此宣布，我一定会在这个日期前努力完成愿望。"

许下承诺之后，还需定期检视，千万不能忘了。记住，一旦在承诺上签了名，你自己就成了你的大客户。

如果你并不相信自己的期望，不管怎样，至少要做个诚恳、实在、受人尊重的人才行。

当然，写了信之后，你的人生是不可能突然蜕变的。这封信是你和自己之间的约定，除非你自己付诸行动，谁也无法代替你达成使命。这封信也是实现愿望的策略和地图，唯有靠你的想象力和坚持，才能一天天慢慢将梦想建构成真。

总之，这个练习不但能让你的潜意识调动起来，也能让你拥有更积极的人生观。

而最终的改变将是：

——以正面的想法和态度，专心致志为自己的人生努力。

——愿望会成为你最好的鞭策力。

——你的潜意识将会全力支持你。

请随时把这封信带在身上，或把它放在你最常消磨时间的地方——放在床头桌上、办公室里、皮夹里，或干脆挂在房间的墙壁上，只要是你经常出现而且看得见的地方都行。

在你静思冥想前，请把它复习一遍。睡觉前、起床后，同样也别忘了把它拿出来复习。

这封信在你内心产生的作用，正是心理学家所谓的"自我实现的预言"。

此外，信末的签名则使整个行动和谐地向前迈进。你会看到自己的目标坚定地出现在前方，类似的正面力量会开始集结，各方面的条件也会因此对你更有利。

而你还得具备足够的智慧，不时重新检视策略，只要你觉得有必要，就应该做一些调整。

不要对自己设定的目标太严苛，在实现愿望的过程中，偶尔有些调整或变动是不可避免的。

放手让自己改变吧，重新定义自己的人生。

在这一生当中，别忘了不断写信给自己，因为你今天的愿望，可能和20年后的愿望完全不同！

活出自己的人生吧！活出那个充满想象力的你。

一定要写信给自己！

请接受我热情的拥抱！

亚历士

---附言 FU YAN---

史蒂芬·柯维曾说："是的，我可以改变。我的生活可以充满想象力，而不是耽误在回忆里。我可以拥有无限的能量。我可以成为自己的创造者！"

成为好老板的关键

> 一个人领导自己的能力，即是他领导众人能
> 力的最有力证明。
>
> ——托马斯·沃森，IBM 公司创始人

亲爱的朋友：

但愿你所散发的光芒，永远璀璨耀眼，因为你值得！

多么美妙的期许，不是吗？因为，一旦你发光发亮时，你的光芒也会照亮别人前方的路，指引着别人的方向。

就是这个如此重要的动机，促使许多人在寻找自己的方向和人生时，还不忘建立崇高的人生屋顶，将他的光芒放送到全世界。

根据我个人的看法，人类有一系列丰富的内在资产，却没有发挥它们应有的经济效益。

爱、创意、希望、梦想、同情心，以及从这些资产衍生出来的其他特质，每一项都具备强大的繁衍力和珍贵的价值。

圣-埃克苏佩里说："爱是唯一一种给得越多，拥有越多的东西。"偏偏这是生活在现代社会的我们缺乏的资产。

挫败、竞争、冲突、战争的存在，其实都来自恐惧，以及总认为别人对自己只有偏见的潜意识。假若如此，每个人都值得好好思考一番。

生活中，我们很需要的一项基本功便是用真心去感受这个世界。更重要的是，我们要相信自己有能力改变自己，并发展出更坚强的内在力量去改变他人。

人类内在力量方面的科学研究日新月异，不但很有趣，并且常让人啧啧称奇。例如最近刚发表的神经医学新发现，就相当惊人。

我们都知道，人类的智力散布在全身，换个方式来想的话，每个人表现出来的样子，其实不仅仅是呈现大脑里的思想。神经医学家库柏在其杰出著作《另外的90%》中提到："很多时候，一些事情不会由大脑直接去思考，而是先进入肠子和心脏的神经网络。"

看清楚！肠子和心脏也有神经细胞，其作用和脑部的神经细胞是非常类似的！

如今大家都已经相当熟知"第二大脑"（肠子）和"第三大脑"（心脏）。

这个领域的专家们，特别是哥伦比亚大学的色葛松教授，他指出，肠子部位有大约有十亿个神经细胞，这个数目远超过脊椎。更有趣的是，在整个人体结构中，即使它和大脑是相连的，却可以独立运作，包括学习、记忆，并且影响我们的感觉和行为。

我们这一生中，许多经验来自"肠子的感受"。但事实上，绝大多数人都没学过如何和这种感觉打交道。我们的感觉中只有在第二个脑活动非常激烈时才有反应。

我们的"第三大脑"是心脏。你可能很难想象，心脏居然也有脑功能！实际上，心脏上有数万个神经细胞，它们组成了一个完整的神经传达网络。

而心脏部位的电磁波之强，则居于全身之冠，整整比脑部大5000倍！它和肠子部位的脑功能一样，也可独立运作，能够学习、记忆，并自有一套生命准则。

此外，有趣的是，心脏潜藏着一些无法用科学方式展现出来的能力。预感、异常强烈的直觉，这些都会在心脏部位产生。

现今的西方传统医学已经证实，几千年的东方医学也早已发现：心跳的速度可以改变脑部的思维。就某种程度而言，心脏比大脑更像我们生命的主宰。

许多已深入探讨"第三大脑"的作者认为，天分、直觉、领导力都是在此产生的：这个"脑"对生命的态度更开放，它能不断更新人类重要的思维和直觉。

或许人类未来会在心脏方面发现更多未知的新能力，类似我们现今所谓的"智慧的基础"：自我的情感直觉、乐观的态度、灵感、喜悦、自信……所有这类的"活动因子"，都能让我们的世界变得更丰富、更满足。

总之，无论东方还是西方的医学专家，都认为心脏的功能就像个人雷达，它能扫描我们的内在和外在，帮忙寻找人生的新契机和新选择。但若想让它发挥作用的话，我们必须时时刻刻关照内心，懂得观察，特别要学会倾听，了解内心的想法。

谈到这里，我必须提一件事（虽然很多人很难理解）。若要成为一个好老板，必须具备一颗"有智慧"的心。人类本来就是情绪的动物，你我都是。那些格外"坚强"的人，不是有颗支离破碎的心，就是已经把心让渡给了别人。

一个好老板，懂得倾听，懂得释出允许，不但自重，而且尊重别人。唯有拥有善良的心，一个人才有可能建立好团队、好组织、好公司。一个好公司的领导者，一定懂得让工作伙伴展现热情和天赋。

一个真正优秀的领导者，唯有先获得自己的认同，才有可能成为别人眼中优秀的领导者。这是领导特质的关键。因为：

——如果你没有能力掌控自己的生活，就无法掌控他人。

——如果你不能找到自己的人生方向，就无法指引他人的方向。

——如果你不能倾听自己内在的声音，就无法诚恳地倾听他人。

——如果你不懂得鼓励自己，就不知道如何鼓励他人。

——如果你不能信任自己，就无法得到他人的信任。

——如果你不能认同自己、尊重自己，就无法认同别人，尊重别人。

——如果你不能珍惜自我价值，就无法感受并珍惜他人的价值。

——如果你不能真正宽恕自己，就无法原谅别人的错误。

——如果你不能自我承诺，就无法要求别人承诺。

——如果你不能引导自己，就无法引导别人。

——如果你不能好好发展自己的天赋和才华，就无法帮助别人做到这一点。

——如果你被潜意识的恐惧所牵制，就无法向人传达安全感。

——如果连你自己都黯淡，当然无法照亮别人。

因为，你如果想当个优秀的领导者却始终做不成，你可能会为此使出恶劣的手段，下场往往会很惨。看看那些牺牲了百万人命的政客，以及许多恶意倒闭和欺诈的公司老板，他们最后得到了什么。

你的活动力和竞争力，其强度和质感，能基本圈定你的发展范围。你的思维和感情，其内容和深度，能基本昭示你的发展方向和你与周围人的差异。

"思维"和"智力"这两个名词的意义，说不定将来会有新的注解，带来的影响也会更大。因为，如果往前走，脑袋、心脏和双脚得方向一致才行。

一个优秀的领导者不只要思虑周详，还要够热情、有爱心，而且直觉要敏锐。

因此，我建议我们做回自己内心深处的那个孩子，他已经很久没听到自己的声音了。

要做到这一点并不容易，你需要有耐心、有恒心、有勇气自省。一个人如果不去走这一趟，当身边的人都能无所畏惧地畅谈内心感受时，"他"一定会感到很悲伤。这时，各种"使用手册"都派不上用场，因为关键在于你自己。

不必理会我们的身体和内心的声音，这是我们向来所接受的教育。为了不受"困扰"，我们用各种"毒品"去阻断（包括电视在内）与它们的联系。我们企图让内心安静下来，因为它一直告诉我们，为了拥有更美好的人生，一定要有所改变。

或许是因为我不愿放弃乌托邦的想法，每当我看着自己的孩子时，心里总是想着——改变，一定要从我们每个人做起。有志者共同努力，这个坚定的革命无疑将开启我们的心灵，让大家各尽其责，一起过上更圆满的生活。

在这场革命里，优秀的领导者是不可或缺的：这些人不但为自己的人生负责，而且心中有爱，也能尊重他人。那是自然流露的情感，不是有所为而为。他们态度果断，却毫无侵略性。他们"教人钓鱼"，而不是"送鱼给人"。他们谈吐诚恳，平等待人……

在这本书已近尾声的时刻，我们必须说的是：没错，在这个世界上，有千千万万的人确实必须赚钱才能糊口，有些人生来就贫穷、受虐、缺乏资源、没有自由，但任何人的人生总是有希望的。总有一天，他们可以平和地聆听这句话："不必去想赚钱为生，因为从出生那一刻起，你已经赚到了生命。"

在艰苦的环境下生存，要让自己坚信人生仍有希望，不只需要脑袋还必须有心。"一颗良善的心和一副好心肠，这是成为优秀领导者的必备条件。"一个印第安耆老这样说道。许多人很久以前就知道这个道理，却没有把它放在心上，力量当然无从发挥。倾听这些道理，等于倾听我们自己的心声。智慧总是默默地栖身在每个人内心最深处。

让我们苏醒吧，让我们学会尊重，让我们敞开心胸，让我们为"第三大脑"努力，让我们为心努力吧！

亚历士

附言 FU YAN

德国整体医学家德列佛森和达克合著的《疾病也是出路》一书中，有一段是这么说的："虽然我们大家都很努力想让世界更好，然而，完美而健全的世界从未存在过，各种冲突、问题、摩擦和争吵从未真正消失过。完全健康的人类也不存在，总是承受着疾病与死亡的威胁。能够包容一切的爱也不存在，因为这个世界总是执着于形式和藩篱。但是，所有的目标都是有可能达成的——只要所有的人时时刻刻共同努力——努力去揭发现实的虚伪，努力寻求心灵的自由。在极端的世界里，爱会变成束缚，世界一家才是真正的自由。癌症是被误解的症状，它并非无坚不摧。癌症尊重真爱的象征，而真爱的象征就是我们的心。我们的心，是唯一不受癌症侵袭的器官！"

在当今世界，癌症不只是一种疾病，更是人类自我毁灭，找不到路的象征。圣-埃克苏佩里说："心中热切地渴望帮助他人成为他自己，就是真爱。"没错，这的确是爱——一个引导他人关照自我，成为真正的自己的过程。

要成为优秀的好老板，当然必须具备这个特质。

写给读者的最后一封信

今天，我在破晓前登上山头，凝望着满天星辰，我对自己的心说："当我们认识了全世界，也体会了各种喜悦和智慧时，我们能否因此平静而满足？"我的心这样回答："不会的，到达这样的境界后，我们唯一能做的是继续努力。"

——惠特曼，美国桂冠诗人

每封信，都包含着彼此靠近的热切渴望。

还有心灵的交流。还有我生命中的片段。

我很高兴能够有你相伴到现在：这本书结束了，我们的生命却继续向前行。我们继续走在人生的道路上，继续寻寻觅觅。

谢谢你这段时间以来一直陪着我。

我希望这些信能让你开始思考，不管你是否同意我的看法，最重要的是我们对自我有更深刻的认识。

但愿你能找到自己的人生方向，而且将自己的内在本性当成最舒适的安乐窝。

但愿你已经感觉和真实的自己很接近了，或许，你已经走在成为自己的路上。

但愿你在自己身上找到引导人生的能力。

但愿你能找到你心内的罗盘。

到时你再也不愿接受"二手"甚至"三手"的思想，正如美国诗人惠特曼所言：别用我的眼睛看世界，也别用我的手拿东西。

这两句话蕴含了很重要的意义：我们出生和死去的那一刻，都是孤独一人，中间那段所谓的人生，则是日日夜夜都有其他人相伴。

这些人，一路伴随我们成长，用爱教导我们走自己的路，告诉我们别用他人的眼睛看世界，我们应相信自己的眼光，我们要做个独立自主的人。

他们让我们知道，阅读可以带来莫大的帮助，帮我们找到自己的本质和灵魂，通过文字，他们的经验跃然纸上。

他们让我们知道，只要懂得倾听，我们就能打开心门以及世界之窗。他们还教我们，既要适度保有个人独立，也要和他人建立联系。这个美好而坚定的联系，必要时要很容易脱离。因为，这只是一种联结，但不是死结。

我在此向你告别，再见了，祝福你。

祝福你的人生目标。祝福你的理想和热情。

祝福那个能和自己内心面对面，并且找寻心灵自由的你。

祝福你和他人分享人生之路的想法。

祝福你那颗心——它对生命怒吼，其实正是你对周遭所有人的爱！

附言 FU YAN

毛姆在《刀锋》一书中写道："人在碰到不幸时，总渴望有个像上帝一样的人能够鼓励他、安慰他。或许要等到好久好久以后，他才恍然大悟，他应该从自己的内心寻找鼓励和安慰才对。我想，上帝如果不在我心里，那么，他一定不存在。"

我也这么认为：上帝如果不在你心里，那么，他一定不存在。